단지 커피일 뿐이야

단지
커피일 뿐이야

이선주 장편소설

㈜자음과모음

차례

1

    달콤하다. 좀 더 줬으면, 하고 생각하다 눈을 떴다. 엄마가 벌어
진 내 입술 사이로 물을 한 방울씩 떨어뜨리고 있었다. 몸을 벌떡
일으켰다. 여기가 어디지? 나는 주변을 돌아봤다.

    경찰 아저씨와 엄마, 브랜든과 재범이가 보였다. 시계를 보니 새
벽 한 시가 약간 넘어 있었다. 곧 암전됐다 불이 켜진 것처럼 모든
일이 순식간에 떠올랐다.

    그 순간, 누가 내 얼굴에 침을 뱉은 것만 같았다.

    자존심 때문에 벌인 일이었다.

    엄마의 재혼에 적극적으로 반대하지 않은 것, 그러면서도 침묵
으로 항의했던 것 모두 알량한 자존심 때문이었다. 하지만 현실

은 새아빠의 카페를 각목으로 박살 내려다 경찰서에 잡혀 온 철
없는 애, 그 이상도 그 이하도 아니었다.

　엄마는 아빠가 돌아가신 지 일 년도 안 됐을 때 아빠의 단골 카
페 사장과 결혼을 선언했다. 처음에는 농담인 줄 알았다. 하지만
아빠의 죽음이 농담이 아니었듯이 엄마의 재혼도 농담이 아니었
다. 어어어, 하다 보니 새아빠, 브랜든과 한집에 살게 됐다.
　아빠가 자주 앉아서 움푹 들어간 소파 자리엔 이제 브랜든의
재킷이 놓여 있다. 아무 냄새도 나지 않던―아니, 인지하지 못했
던―우리 집에 브랜든이 내린 커피 냄새가 진동하기 시작했다. 그
때부터 나에게 커피란 브랜든 그 자체가 됐다.
　모든 게 그대로인데 모든 게 달라진 생활이었다.
　어제저녁, 중국집에서 외식을 했다. 첫 가족 식사였다. 우리는 어
색한 식사를 마치고 자연스레 브랜든의 카페로 자리를 옮겼다. 브
랜든의 카페 '런던 커피'의 외벽은 여전히 담쟁이넝쿨로 뒤덮여 있
었다.
　브랜든은 '금일 휴업'이라고 대충 휘갈겨 쓴 A4용지를 뜯어내
고는 문을 잡은 채 우리에게 손짓했다. 엄마와 별이가 깡충, 하고
가게 안으로 들어갔다. 나는 운동화로 흙을 파내며 머뭇거렸다. 브
랜든은 재촉하지 않고 나를 기다렸다. 나는 에라, 모르겠다는 심
정으로 카페 안에 발을 내딛었다.

당연하게도, 카페에는 브랜든의 냄새가 진동했다. 커피 냄새가 사방팔방에서 온몸을 공격하는 기분이었다. 나는 몸을 움츠렸다.

"이게 뭐예요?"

1층은 커피 볶는 기계와 원두 등을 보관하는 창고로 이용되고 있었다. 별이가 큰 기계를 보고 물었다.

"커피 볶는 기계."

브랜든이 살짝 미소를 지었다. 나는 못 볼 걸 본 것처럼 재빨리 고개를 돌렸다. 별이는 눈을 동그랗게 뜨고 기계를 구경했다. 나는 부러 성큼성큼 걸어 2층으로 올라갔다. 내가 위축되었다는 걸 보여 주고 싶지 않았다.

2층에 올라오니 이곳에 아빠와 함께 왔던 때가 떠올라 가슴 한쪽이 아려 왔다. 나는 가슴에 손을 올리고 숨을 쉬었다. 그랬더니 다시 커피 냄새가 몸 속으로 진격했다.

정말이지 여기는 커피 냄새로부터 숨을 곳이 한 군데도 없었다.

런던 커피에는 4인용 테이블 네 개와 커피 바가 있다. 프랜차이즈 커피숍에 가면 커피 만드는 곳은 좁고, 테이블은 많던데 이곳은 정확히 반씩 자리를 차지하고 있다. 그리고 커피 바 앞에는 바리스타와 마주 볼 수 있는 일자 모양 테이블이 있다. 손님들 대부분은 그곳에 앉아 브랜든이 커피 내리는 걸 지켜본다. 나도 몇 번 본 적이 있다. 그는 그곳에서 커피를 아주 정성 들여 내렸다.

나는 그게 참 신기했다. 고작 커피 하나 내리는 데 온몸의 신경을 다 동원하는 게.

고작 커피, 말이다.

1층 구경을 다 했는지 엄마와 별이가 2층으로 올라왔다. 우리는 바 앞에 나란히 앉았다. 브랜든이 선반에서 핸드드립 커피 기구를 내렸다. 별이에게는 코코아를 주었다.

"저도 코코아 주세요."

내가 말하자 브랜든이 나를 쳐다봤다.

"한번 마셔 봐. 마셔 보면 좋아하게 될 수도 있어. 몰라서, 모르니까 안 좋아하는 걸 수도 있잖아."

브랜든이 자신의 이야기를 하는 건지 커피 이야기를 하는 건지 모를 말을 했다.

아빠는 나에게 커피를 주지 않았다. 머리가 나빠진다는 흔한 이유로. 게다가 나도 별로 마시고 싶지 않았다. 한번 입을 대 본 적이 있었는데, 너무 썼다. 이런 걸 5천 원 넘게 주고 마신다는 게 이해되지 않을 정도였다.

나는 대답하지 않았다. 브랜든은 아랑곳않고 포터에 물을 끓이고는 '예가체프'라는 라벨이 붙은 유리병에서 원두를 꺼냈다. 그러고는 원두를 전동 밀에 넣고 갈기 시작했다. 커피 냄새가 퍼져 나갔다. 고작 원두만 갈았을 뿐인데 코에 힘이 들어갔다. 브랜든이 간 원두를 필터에 담고 드립 포터를 들어 올려 원두에 물을 촉촉하게 적셨다.

당연하게도 커피 냄새가 확 퍼졌다.

나는 냄새를 맡지 않기 위해 애를 썼다. 굳이 옆을 보지 않아도 엄마가 나를 의식하고 있다는 게 느껴졌다. 나는 코로 숨을 쉬는 대신 입으로 숨을 쉬었다.

브랜든이 다 내린 커피를 엄마와 내 앞에 한 잔씩 놓아 주었다. 브랜든의 눈빛이 초조했다. 꼭 숙제 검사를 기다리는 학생 같았다. 별이는 빨대로 코코아를 빨아 먹으면서 "먹어 봐" 하고 나를 재촉했다.

나는 커피 잔을 서서히 입 쪽으로 가져갔다. 숨을 쉬지 않고 있었기 때문에 커피 냄새가 얼마나 나는지는 알 수 없었다. 다만 멀찍이 떨어져 있을 때도 심했는데, 가까이서 맡으면 얼마나 심할까 걱정됐다.

잔을 입에 대고 커피를 한 입 마셨다. 코로 숨을 쉬자 커피 냄새가 나를 압도했다. 몸이 커피 냄새에 감전된 것만 같았다. 어릴 적, 전기선을 밟은 적이 있다. 다행히 애들이 말한 것처럼 머리카락이 하얗게 세거나 정신을 잃지는 않았지만, 크게 통증이 일었었다.

그래, 통증.

엄마가 브랜든과의 재혼 이야기를 꺼냈을 때부터 커피 냄새를 맡을 수가 없었다. 자꾸 헛구역질이 났으니까. 우연이라고 생각했는데 그제야 완전히 알 것 같았다. 그건 통증이었다. 나는 커피를 내려놨다. 동시에 위에서 위액이 올라왔다. 나는 우엑, 하고 헛구역질을 했고, 브랜든과 엄마가 낭패감이 깃든 눈빛으로 나를 바라봤다.

참아야겠다고 생각했다. 브랜든이 싫은 것과 내가 옹졸해 보이는 건 다른 문제니까. 그런데 내 의지와는 상관없이 자꾸만 구역질이 나왔다.

"괜찮니?"

브랜든과 엄마가 동시에 말했다. 나는 그대로 런던 커피에서 뛰쳐나왔다. 나를 부르는 엄마의 목소리가 계속해서 들렸지만, 나는 뒤돌아보지 않았다.

코끝이 매웠다. 이게 무슨 신파도 아니고.

화가 나고 슬픈 와중에도 울면서 뛰어가는 나를 사람들이 어떻게 볼까 걱정이 됐다. 그러다 이런 순간에도 주변 눈치나 보는 나 자신에게 화가 났다. 마치 얼마 전에 엄마와 대판 싸우고 집을 나오고선, 개근상 못 탈까 봐 학교에 갔던 날처럼 말이다.

찐따, 개찐따, 등신 같은 놈.

내가 가 봤자 갈 곳이 어디 있나. 결국 집 근처 뒷산 공원에 올라왔다. 나무에 등을 치는 운동을 하던 할아버지가 내려가자 공원에는 나 혼자 남았다. 초여름이라 그런지 저녁때가 지났는데도 약간 어둑해졌을 뿐이었다. 몇 시간 동안 가만히 앉아 있다가 자리에서 일어섰다.

따로 사는 건 어떨까? 순간 그런 생각이 들었다.

그럼 애들이 뭐라고 할까? 쟤 아빠 돌아가시자마자 엄마가 재혼해서 혼자 나와서 산대, 하고 수군거리지는 않을까.

아악! 나는 왜 남의 시선을 무시하지 못할까? 그리고 왜 커피 냄새를 맡지 못할 뿐더러 커피를 마시지도 못할까?

이게 다 브랜든 때문이다. 엄마가 브랜든과 사귀기 전엔 커피 냄새 따위 아무것도 아니었다. 커피 냄새를 신경 쓴 적도 없었다.

주머니 안에서 휴대폰 진동이 느껴졌다. 사실 아까부터 계속해서 울리는 걸 애써 무시하던 참이었다. 배도 고프니 슬슬 제정신이 돌아와, 나는 휴대폰을 꺼냈다.

재범이었다. 통화 버튼을 눌렀다.

"야, 이 미친놈아!"

"나 장난칠 기분 아니야."

"내가 전화를 얼마나 많이 한 줄 아냐? 됐고, 너 어디야?"

휴대폰을 보니, 부재중 전화만 30통이 와 있었다. 엄마에게서는 한 통도 오지 않았다. 모두 재범이에게서 온 것이었다.

"어디냐고!"

재범이가 소리쳤다.

"뒷산 공원."

"하, 고작 거기냐?"

"그럼 내가 바다라도 보러 갔을까 봐?"

"야, 가출을 할 거면 버스라도 무작정 잡아타고 어디 지방이라도 가야 하는 거 아니냐?"

재범이는 뭐가 웃긴지 끌끌 웃었다.

"갈게, 기다려."

전화가 툭 끊겼다.

정말 바다라도 보러 갔어야 하는 걸까? 엄마에게 전화가 오면 바다 보러 왔어, 정도는 말해야 반항하는 게 되는 걸까. 생각해 보니 이건 반항이라고도 할 수 없다. 그저 도망친 것뿐이다.

존재하는 냄새로부터, 존재하는 사람에게로부터.

잠깐 기다리니 재범이가 나타났다. 얼마나 뛰어왔는지 무릎에 손을 얹고 헉헉 숨을 내쉬었다. 그러곤 나를 보고 깔깔거렸다. 재범이가 내 옆에 털썩 주저앉았다. 우린 한참 동안 아무 말도 하지 않았다. 아니, 하고 싶은 말이 많은데 목에서 걸려 나오지 않았다. 재범이도 그런 모양이었다.

시간이 더 지나자 까만 밤이 찾아왔다. 어스름한 게 아니라 온통 깜깜했다. 산이라 그런가 살짝 추워지기 시작했다.

"너 술 마셔 봤냐?"

재범이가 한참 만에 입을 뗐다.

"수학여행 때."

"병신."

"그럼 넌?"

"수학여행 때."

"붕신."

재범이가 일어섰다.

"갔다 올게."

재범이는 곧바로 산을 내려갔다. 벤치에 앉아 기다리고 있자니 얼마 뒤 재범이가 검은 봉지를 들고 뛰어왔다. 검은 봉지엔 소주 두 병과 오징어땅콩이 들어 있었다. 재범이는 소주 병뚜껑을 따서 나에게 주었다.

"컵은?"

"떨어졌대."

"그냥 마셔?"

재범이 고개를 끄덕이더니 소주 한 병을 더 따 꿀꺽, 한입 마셨다. 알코올 냄새가 나에게까지 흘러 왔다. 나도 재범이를 따라 소주를 입에 댔다. 그냥 댔을 뿐인데, 코끝이 찡했다. 에라, 모르겠다 하며 소주를 벌컥 마셨다.

코끝도 찡, 눈도 찡했다.

알코올 때문에 코가 마비된 것 같았다. 이 커피 냄새 같은 놈.

내가 소주병을 내려놓자, 재범이가 쯧쯧 소리를 냈다.

"붕신."

그러더니 꼴깍꼴깍 소주를 마셨다. 순간 재범이가 어른스러워 보였다. 우웩, 하고 토하는 시늉을 하기 전까지는.

"진짜 이 맛대가리도 없는 걸 어른들은 왜 마시냐?"

재범이가 툴툴거렸다. 나는 오징어땅콩을 야금야금 먹었다. 침묵이 꽤 길어졌는데도 하나도 어색하지 않았다. 나는 조심스레 다시 소주를 조금 더 입에 털어 넣었다. 마시는 순간 인상은 찌푸려지지만, 동시에 무언가 알딸딸하게 올라오기도 했다.

나는 말 없이 소주를 마시기 시작했다. 톡 쏘는 알코올이 혹시 몸과 마음의 감각을 둔하게 만들 수 있을까 해서 말이다. 그러고 보니 소주와 커피는 비슷한 것 같다. 누구나 처음에는 거부감을 느끼지만, 결국에는 중독되고 만다. 물론 나처럼 처음부터 끝까지 싫어하는 사람도 있겠지만.

재범이네 아빠는 소주를 마시지 않으면 잠을 못 주무신다고 했다. 몸 쓰는 일을 하셔서 그렇다고 했다. 재범이는 그 때문인지 술이라면 질색을 한다. 그런 애가 날 위해 이렇게 술을 사다 주고, 본인도 마신 것이다. 나는 재범이의 어깨에 손을 올렸다.

"사랑한다."

"미쳤냐?"

재범이가 내 손에 들린 술병을 빼앗았다.

"붕신아, 너 이걸 다 마셨어?"

그 말을 듣자 갑자기 눈앞이 노래졌다. 나는 재범이의 손에 들린 소주병을 봤다. 술병이 텅 비어 있었다. 그래서 재범이 옆에 놓인 소주병을 집어 들었다.

"나 몰랐는데, 술이 잘 받는 체질인 것 같아."

나는 헤헤거리며 다시 소주병을 입에 갖다 댔다.

"……죽일까?"

중얼대는 재범이를 끌어안으려다 소주가 바닥으로 쏟아졌다.

아, 아깝다. 나는 킁킁, 냄새를 맡으며 입맛을 다셨다. 커피와는 달리 구역감이 치밀지는 않았다.

"너 진짜 미쳤냐?"

재범이가 닭살 돋는다는 듯이 자신의 팔뚝을 비비며 말했다.

"야, 너 너무한다. 친구가 사랑한다는데 이럴 거냐?"

다시 재범이를 안으려고 일어서는데, 그만 발이 꼬여 바닥에 넘어지고 말았다. 분명 조금밖에 마시지 않았는데 왜 내 소주병에는 소주가 하나도 남아 있지 않고, 기분은 왜 이렇게 좋은 것일까.

그냥 좋다, 가 아니라 서글프게 좋았다. 아빠와 둘이서 술 한잔 못 해 본 게 떠올라 슬펐고, 내 앞에 있는 친구가 너무 사랑스러워 서글펐다.

"사랑한다, 재범아!"

나는 재범이에게 내 사랑을 당당하게 표현했다. 평소 같았으면 느끼해서 절대 하지 못했을 말들을 털어놓았다. 재범이가 한숨을 쉬면서 자신의 등을 내밀었지만 나는 그 등을 밀쳐 냈다. 기분이 좋아 뛰고 싶어졌다.

마음은 뛰고 싶은데, 몸이 따라 주지 않았다. 폴짝폴짝 뛰어 얼른 집으로 가 별이의 볼에 뽀뽀를 해 주고 싶은데, 발은 일자로 가지 못하고 꽃게처럼 옆으로만 갔다.

재범이가 뒤에서 내 등을 받치며 걸었다. 나는 차근차근 앞으로 걸어갔다.

"괜찮냐?"

재범이의 말소리가 들려왔다. 나는 갑자기 뭐든지 할 수 있을 것만 같다는 생각이 들었다. 세상천지에 두려울 것이 없다고 느껴졌다.

"으르렁, 으르렁, 으르렁대. 으르렁, 으르렁, 으르렁대."

입에서 노래가 막 흘러나왔다.

"언제 적 노래야? 우리 초딩 때 나온 노래 아니냐."

재범이가 투덜거렸다. 그러거나 말거나, 나는 내가 노래와 춤에 재능이 있다는 걸 깨달았다. 얼른 사람들에게 내 춤과 노래를 보여 주고 싶었다. 좀 더 빨리 걸음을 재촉했다.

산을 다 내려오자 상가가 보였다. 뒤따라오는 재범이의 어깨에 팔을 척 얹고 걷다가 프랜차이즈 커피숍을 발견했다. 갑자기 커피를 마시고 싶다는 생각이 강하게 들었다.

"가자!"

나는 한쪽 팔을 뻗으며 가자고 외쳤다. 재범이가 말리려고 했지만, 이미 내가 커피숍 안에 발을 내딛은 후였다.

내가 카운터 앞에 서자 직원이 친절한 미소를 잃지 않은 채 코를 찡그렸다. 그 모습이 퍽 괴상했다. 재범이가 나를 끌고 나가려고 했다. 내가 재범이보다 나은 건 키와 힘밖에 없다. 나는 바닥에 발을 딱 붙이고는 움직이지 않았다. 물론 몸이 평소처럼 내 뜻에 따라 움직이는 건 아니었지만, 그래도 재범이 정도는 거뜬하게 이길 수 있었다.

"여기 핸드드립은 없죠?"

직원이 그렇다고 했다.

"그럼 아메리카노 한 잔 주세요."

나는 주문을 하고 재범이를 쳐다봤다. 재범이는 자포자기했다는 얼굴을 하고 있었다.

"돈."

내 말을 들은 재범이가 "씨발"이라고 작게 욕을 했다. 하지만 나는 기분이 너무 좋아 욕도 노래처럼 들렸다.

계산을 하고 조금 기다리자 아메리카노가 나왔다. 나는 컵을 받아들고 자리에 앉았다. 코에 커피를 갖다 댔다. 음, 커피 냄새가 났다, 는 사실이 아니고, 아무 냄새도 나지 않았다.

나는 커피를 한 모금 마셨다. 아무렇지 않았다. 왜냐하면 아무 맛도 느껴지지 않았기 때문이다. 그렇다. 사실 커피에는 냄새도 맛도 없었던 것이다.

"유레카!"

나는 유레카를 외쳤다. 몇몇 사람들이 나를 쳐다봤다. 주목받으니 기분이 좋아졌다. 여기서 노래를 한 곡 더 부를까? "으르렁"까지 외쳤을 때, 재범이가 아휴, 하고 고개를 숙였다.

더 많은 사람들이 나를 쳐다보기 시작했다. 그들에게 알려 줘야만 할 것 같았다. 내가 커피를 마실 수 있다는걸! 그래서 나는 커피를 꿀꺽꿀꺽 마시기 시작했다.

사람들이 나를 대단하다고 생각하는 것 같았다.

'와, 저 사람 좀 봐! 커피를 마실 수 있다니!'

그들이 소리 내 말하지 않아도 알 수 있었다. 나는 커피를 다 마시고 빈 컵을 꽝 내려놨다. 승리의 웃음을 지으려는 찰나, 속이 부글부글 끓고, 위장이 꼬인 것처럼 아파 왔다. 설마…… 하는 순간, 우웩, 하고 토가 나오기 시작했다.

"내가 못 살아."

재범이가 나를 잡아끌었다. 나는 재범이에게 질질 끌려 밖으로 나갔다. 소주와 커피, 오징어땅콩과 아까 먹었던 점심이 몸 안에서 쏟아져 나왔다. 나는 계속해서 토를 했다. 더 이상 아무것도 나오지 않을 때까지.

나는 무릎에 손을 얹고 숨을 쉬었다. 유리문으로 카페 안을 봤을 때, 그곳의 모든 사람이 나를 비웃고 있었다.

뛰기 시작했다. 단순히 기분이 좋은 게 아니라 술에 취한 거라는 걸 깨달았지만, 멈출 수 없었다. 재범이가 내 이름을 부르며 뒤

따라오는 소리가 들렸다. 나는 더 힘차게 뛰었다. 배 속이 불이 난 것처럼 고통스러웠지만 계속해서 뛰었다.

그렇게 뛰어서 도착한 곳은 런던 커피였다.

나는 런던 커피를 한껏 째려본 후, 돌진해서 발로 유리문을 팍 찼다.

아팠다. 발이 너무 아팠다.

나는 주먹 쥔 손으로 유리문을 두드렸다. 역시, 손도 너무 아팠다. 나는 주변을 둘러봤다. 각목 하나가 눈에 띄었다. 나는 그걸 들어 올려 세게 유리문을 내리쳤다.

재범이가 내 어깨를 감쌌다. 손길이 억세지 않고 섬세했다. 나는 그런 재범이를 밀치고, 다시 있는 힘껏 각목으로 유리문을 내리쳤다. 어찌 된 게 시간이 지날수록 힘이 더욱 세게 들어갔다. 몸 안에서 뭔가가 끓어오르는 것만 같았다. 내 몸 속의 알코올과 카페인이 제 몸을 태워 나에게 힘을 주는 것만 같았다.

나를 말리던 재범이가 옆으로 비켜서서 나를 지켜보고 있을 때쯤, 그러니까 내 팔이 곧 떨어질 것처럼 아파 왔을 때쯤, 멀리서 삐용삐용 소리가 들렸다.

2

　나는 소파에서 스프링처럼 튀어 올랐다. 여긴 경찰서였다. 이제야 좀 전의 일들이 떠올랐다. 런던 커피 유리문을 각목으로 내리치다가 경찰이 출동했고, 나는 경찰차 안에서 곯아떨어졌다.

　엄마가 손에 묻은 물기를 옷에 스윽 닦았다.

　"엄마."

　엄마가 내 눈을 응시했다. 변명은 하고 싶지 않았다. 엄마가 때리면 맞겠다고 생각했는데 엄마가 입술을 깨물었다. 얼마나 꽉 깨물었는지 피가 보였다.

　우리를 바라보던 경찰 아저씨와 브랜든, 재범이가 서둘러 고개를 돌렸다. 엄마가 경찰 아저씨에게 다가갔다. 나를 데려간다고 말하겠지. 나는 옷매무새를 정리했다.

　"아까 말씀드렸다시피 제가 이 학생의 보호자는 맞지만, 가게 주인은 이이예요. 용서는 전적으로 이이에게 달렸어요. 그럼 저는 애가 깨어났으니 그만 가 볼게요."

　내가 놀라서 "엄마!" 하고 불렀지만, 엄마는 나를 돌아보지도 않은 채 경찰서 문을 열고 나갔다. 아까의 항복하고 싶다는 생각은 취소다. 나는 엄마와 이 상황을 도무지 이해할 수 없었다.

　브랜든이 경찰 아저씨에게 다가갔다. 이번에는 또 무슨 말을 하려나, 생각하는 찰나 브랜든이 종이를 내밀었다. 경찰 아저씨가 고개를 끄덕이더니 나한테 왔다.

"사장님이, 그러니까 아버님 맞죠? 아버님이 각서에 사인하면 선처해 주신다니까 이거 한번 읽어 봐."

그러면서 나에게 종이를 건넸다.

합의 내용: 유리문 수리비 100만 원 배상하겠음.

배상 방법: 매주 일요일 오후 3시부터 8시까지 런던 커피에서

아르바이트 하기.

기간: 3개월

서명:

A4용지에 대충 흘려 쓴 글씨였다. 내가 정신 못 차리고 헤롱대고 있을 때 쓴 게 분명했다. 이런 괴발개발로 쓴 문서가 법적 효력이 있을까? 장난이겠지.

"사인 안 하면요?"

내가 경찰 아저씨에게 묻자, 아저씨가 브랜든을 쳐다봤다. 브랜든이 단호하게 고개를 저었다. 예의 무표정한 얼굴로.

"이기적인 새끼."

잊고 있던 재범이가 갑자기 툭 튀어나와 말했다. 쟤가 왜 나한

테 화를 내지? 나는 영문을 몰라 재범이를 쳐다봤다.

재범이는 "나도 너랑 같이 현행범으로 잡혀 왔거든" 하고는 종이를 펄럭였다. 나와 똑같은 종이였다. 벌써 사인을 했다는 게 달랐지만.

"너는 왜?"

나는 경찰 아저씨를 향해 고개를 돌렸다.

"제가 한 거예요. 쟤는 아무 잘못 없어요."

"새아빠 가게 유리문 박살 내다 잡혀 온 놈이 의리는 있네."

경찰 아저씨가 놀리듯 말했다.

"정말이에요. 감싸 주려고 하는 게 아니라……."

"됐고, 너 사인 안 하면 나도 오늘 여기서 밤새야 하니까, 빨리 사인이나 해."

재범이가 나를 탁자 쪽으로 이끌었다. 그러고는 내 손에 펜을 쥐여 주었다. 나는 팔에 힘을 팍 주었다. 재범이가 힘을 써서 내 팔을 종이 쪽으로 끌어당겼고, 나는 필사적으로 버텼다.

"해라."

재범이가 이를 꽉 깨문 채로 말했다.

"안 하면 우리 18년 우정 여기서 끝이다."

이건 협박이었다. 나는 브랜든을 쳐다봤다. 늘 위로 말려 올라가 있던 입술이 일자로 굳게 다물려 있었다.

브랜든은 그곳에서 런던 커피를 운영한 지 10년이나 됐다고 들었다. 지금이 서른아홉이니, 스물아홉 때부터 운영해 온 것이다. 모르긴 몰라도 도로변도 아닌 다세대주택과 빌라 사이에서 카페를 운영하는 일이 만만치 않았을 것이다. 그런 곳을 내가 각목으로 마구 쳐 댔으니, 화가 많이 났으리라.

게다가 진짜 아들도 아니고 재혼한 부인에게 달린 혹일 뿐인 나에게 무슨 좋은 감정이 있으랴. 나는 브랜든이 절대 합의해 주지 않을 거라는 걸 깨달았다. 커피 냄새 때문에 벌써 두 번이나 구역질을 한 나에게 다른 곳도 아닌 자신의 카페에서 일하라고 한 걸 보면 말이다. 나를 골려 주고 벌주려는 것이다.

나는 그 벌을 기꺼이 받아 주겠다고 생각했다. 내 자존심을 위해서.

재범이가 내 팔에서 손을 떼며 "됐다, 하지 마. 나쁜 새끼"하고 말했다. 나는 내 자유 의지로 사인을 했다.

서명: 강 산

나는 사인한 종이를 경찰 아저씨에게 내밀었고, 경찰 아저씨는 그걸 다시 브랜든에게 건네줬다. 브랜든이 고개를 끄덕였다. 이만가 봐도 좋다는 말을 듣자마자 나는 가볍게 목례를 하고 경찰서를 빠져나왔다.

왠지 심장이 아픈 건, 알코올과 카페인 때문일 것이다.

3

웩. 나는 일어나자마자 화장실로 달려갔다. 어제 분명 괜찮아졌다고 생각했는데, 자고 일어나니 다시 위장이 꼬인 것처럼 아팠다. 게다가 속까지 부글부글 끓었다. 토를 하려 해도 더 이상 나오는 게 없었다. 아침부터 화장실 변기를 붙잡고 있는 내가 한심했다.

배를 쓰다듬으며 화장실을 나가니, 엄마가 국을 그릇에 담고 있었다.

"아드님, 해장하세요."

엄마가 비꼬듯 말하고는 다 들리게 혼잣말을 했다. 내 팔자야, 내가 고등학교 2학년짜리 먹이려고 해장국이나 끓일 줄이야. 엄마가 끙, 소리를 내면서 국을 식탁에 내려놓았다.

안 먹겠다는 소리는 죽어도 안 나왔다. 위가 좀 덜 아플 수 있다면, 냄비째 마실 수도 있을 것 같았다.

나는 식탁에 앉아 말없이 콩나물국을 먹기 시작했다. 꿀꺽꿀꺽 마시고 나니 속이 좀 풀리는 것 같았다. 그제야 정신이 들어 시계를 보니 벌써 오후 2시였다.

엄마의 눈이 퀭하고, 볼이 해쓱했다. 엄마는 내가 무슨 말이라도 해 주길 기다린다는 듯이 나를 쳐다봤다. 죄송하다고 해야 할까? 그러나 입이 떨어지지 않았다. 죄송하다는 말 뒤로, 애초에 엄마가 재혼을 하지 않았다면 이런 일이 일어나지도 않았을 거라는 변명이 자꾸 튀어나오려고 했다. 이런 말을 할 바에는 그냥 입 다물고 있는 게 나았다.

"죄송하다는 말은 곧 죽어도 안 하네."

엄마는 학원 빠진 일을 혼내듯 무심하게 말하려고 애쓰는 것 같았다.

"브랜든이 내일부터래."

무슨 말이지? 하고 생각하다 새벽에 쓴 합의서가 떠올랐다. 정말 가야 할까? 내가 안 간다고 해도 다시 나를 경찰서에 처넣지는 못할 것이다.

"브랜든이 자기는 독한 사람이래."

헛웃음이 나왔다. 협박인가. 엄마가 국을 한 그릇 더 떠서 가져다주었다.

"엄마는 적어도 네가 네 행동에 책임을 지는 사람이 되길 바라. 아빠도, 그걸 바라실 거야."

엄마가 아빠, 라는 단어에 힘을 주어 말했다. 나는 대답하지 않았다. 남은 국물만 호로록 마시고 방으로 들어갔다. 침대에 누워 생각에 잠겨 있는데 재범이에게 문자가 왔다.

[알바복 따로 없지? 그냥 청바지 입으면 되지?]

정말 갈 거냐고 답문을 보내자마자 몇 초 만에 답장이 왔다.

27

[이기적인 새끼.]

아아악! 나는 이불을 뒤집어쓰고 소리를 질렀다. 브랜든이 오고서부터 정말 내 인생이 어떻게 되어 가고 있는지 모르겠다.

4

"뭐 하냐?"

재범이네 집에 가 보니 재범이가 침대에 엎드려 누워 있었다. 뒤통수를 세게 때리며 물었다.

"아이 씨."

재범이가 욕을 하며 일어났다.

"오늘 나 건드리지 마라."

재범이는 다시 침대에 누웠다. 나는 속으로 숫자를 세기 시작했다. 딱 셋까지 셌을 때 재범이가 다시 몸을 일으켰다.

"뭔데 그래."

재범이가 아련한 눈빛으로 나를 쳐다봤다.

"나, 헤어졌다."

"너 연애했냐?"

내가 알기로 재범이는 연애한 적이 없다. 일 년 365일 중 거의

365일을 나와 붙어 다니는데 언제 연애를 했단 말인가. 말도 안 된다.

"오로라."

"오로라?"

"예전에 내가 말한 개."

나는 한참 동안 기억을 더듬었다. 그제서야 재범이가 매일 연락하던 애가 떠올랐다. 게임을 하다 알게 된 애라고 했었다.

"그 게임?"

"어, 걔."

"걔랑 카톡으로만 연락한 거 아니었어?"

"맞긴 한데, 거의 사귄 거나 다름없었어."

"얼굴도 안 보고?"

"꼭 얼굴을 봐야 사귀냐?"

"너 돌았냐? 당연히 얼굴을 보고 사귀어야지. 이 새끼 미친놈이네."

"촌스러운 새끼."

"이상한 소리 할 거면 그냥 말하지 마."

내가 짜증을 내자 재범이가 눈에 힘을 팍 줬다.

"넌 친구란 놈이 친구가 차였다는데 걱정도 안 되냐?"

"아, 정말 슬프시겠습니다. 가슴이 찢어지시겠어요!"

재범이가 주먹 쥔 손으로 책상을 꽝 내리찍었다.

"씨발, 이게 다 키 때문이야. 만나자고 해서 만났는데 그 후로 갑자기 연락이 안 된다고!"

"키 때문이고 뭐고, 딱 한 번 만났는데 그게 무슨 사귄 거고, 헤어진 거냐."

"난 걔가 그렇게 쌍년일 줄 몰랐다."

재범이 씩씩거렸다.

"우린 안 맞는 것 같다나. 근데 안 맞는 사람끼리 하루에 연락을 열 시간씩 하냐? 100퍼센트 키 때문이야. 쌍년."

"키 작은 남자 싫어할 수도 있지, 그거 가지고 쌍년이냐."

"됐다, 너랑 말을 말지."

재범이가 다시 엎드리려다 말고는 나를 째려봤다.

"네가 내 심정을 아냐? 어?"

그렇게 말하고는 자리에서 일어섰다. 어깨가 축 처진 채 어슬렁어슬렁 방을 나가는 재범이의 뒷모습을 보자니 마음이 짠했다.

재범이의 키는 165센티미터다. 사실 더 작아 보이지만, 자기가 곧 죽어도 165센티미터라니까 믿는 수밖에. 중학교 2학년 때까지만 해도 서로 앞서거니 뒤서거니 하며 키가 자라기 바빴다. 하지만 나는 계속 자란 반면, 재범이의 키는 거기서 멈췄다. 그 후로 재범이는 키만 빼면 나보다 훨씬 우월한데도 키 이야기만 나오면 내가 마치 자신이 갖지 못한 걸 가진 것처럼 비아냥거렸다. 공부도, 운동도, 얼굴도 나보다 훨씬 나으면서 말이다.

재범이가 이렇게 키에 목을 매는 데 하나 걸리는 게 있다면 바로 민지다. 재범이는 민지와 중학교 1학년 때 사귀는 사이였다. 그때만 해도 재범이와 사귀고 싶어 하는 여자애들이 꽤 많았다. 민지도 그중 한 명이었다. 처음 시작은 민지였지만, 나중에는 재범이가 더 좋아했다. 민지는 재범이의 첫사랑이었다.

운명의 장난인지, 150센티미터가 겨우 넘던 민지는 3년 동안 쑥쑥 커서 중학교를 졸업할 때쯤에는 170센티미터가 됐다. 반면 재범이는 입학할 때 키에서 겨우 5센티미터 자랐다. 민지가 이별을 고하면서 "우린 좀 안 어울리는 것 같아"라고 했던 것이 치명적이었던 것 같다.

재범이는 자신이 중학교 1학년 땐 민지와 어울렸다가 중학교 3학년이 되자 어울리지 않게 된 이유에 대해서 수일을 생각했다. 결론은 하나였다. 키!

그 이후부터 재범이는 키 이야기만 나오면 민감하게 반응하기 시작했다. 그리고 이성 문제가 잘 안 풀리면, 이유가 키가 아니어도 키 때문이라고 확신했다. 바로 이번 일처럼. 오로라가 키 때문에 재범이를 싫어하게 된 것인지, 재범이의 얼굴이 마음에 안 든 것인지는 아무도 모른다. 그런데도 재범이는 저렇게 확신하고 혼자 상처받는다. 나는 재범이의 이런 비합리적인 반응을 이해하기 어려웠다.

그러다 커피 냄새가 생각났다. 나는 커피 냄새를 생각하면 이상하게 슬펐다. 아빠는 런던 커피에서 커피를 마시고 젊은 시절의 자신이 떠올랐다고 했다. 아빠에게는 커피가, 커피 냄새가 그리움의 맛과 향이었다.

아빠는 꿈에도 몰랐겠지. 자신에게 커피를 내려 주던 브랜든이 자신이 죽고 나서 자신의 아내와 재혼할 거라는걸. 자신의 모든 걸 브랜든에게 뺏길 거라는걸. 아빠에게 나던 시큼한 냄새가 이제 모두 커피 냄새로 뒤덮이고 있다는 걸 말이다.

차라리 몰라서 행복하겠다는 생각도 잠시 들었다.

5

재범이는 런던 커피를 보고는 입을 다물지 못했다. 밤에 술에 취해 봤을 때와는 너무나 다른 느낌이어서 그런 듯했다. 아빠도 이 외관에 반했지. 다른 건 몰라도 담쟁이넝쿨로 뒤덮인 외관만큼은 볼만했다. 비록 붉은 벽돌로 쌓아 올린 낡은 건물이지만 푸릇한 담쟁이 덕에 외국의 학교가 떠올랐다.

"야, 나 이 동네 산 지 4년이나 됐는데 여기 낮에 온 적 한 번도 없어."

"우리 아빠도……"까지 말하다 입을 다물었다. 아빠, 라는 말을 너무 오랜만에 입 밖으로 낸 것 같았다. 얼마나 됐다고 '아빠'를 발

음하는 나 자신이 어색했다.

"아빠도 동네 산책하다가 길 잘못 들어서 발견한 거래."

만약 아빠가 길을 잘못 들어 런던 커피를 발견하지 않았더라면, 엄마가 아빠를 그리워하며 런던 커피에 갈 일도 없었겠지. 그럼 브랜든이 엄마를 위로해 줄 일도 없었을 것이다.

아빠가 생전 안 하던 산책을 하고, 생전 안 잃어버리던 길을 잃어버려 런던 커피까지 오게 된 건 운명일까? 그럼 아빠가 죽은 건? 엄마가 브랜든과 재혼한 건?

나는 고개를 저었다. 그따위 운명이 있을 리 없지 않은가. 어떤 우연은 인생을 생각지도 못한 방향으로 이끈다는 생각은 커피 냄새처럼 내 속을 울렁거리게 했다.

재범이와 런던 커피 안으로 들어갔다. 커피 냄새가 났다. 속이 울렁거리기는 했지만 다행히 구토가 올라오거나 하지는 않았다. 참을 만했다.

브랜든은 1층에서 기계를 만지고 있었다. 인기척을 못 느낀 건지, 느끼고도 작업에 방해가 돼 말을 안 하는 건지는 알 수 없었다. 내가 브랜든의 속마음을 어떻게 알겠는가.

재범이가 "안녕하세요!" 하고 크게 인사하자, 그제야 브랜든이 고개를 끄덕였다. 나는 가볍게 목례만 하고 곧바로 2층으로 올라갔다.

손님은 한 명도 없었다. 일요일에도 이렇게 장사가 안 되면 가게를 유지할 수나 있는 걸까?

사실 며칠 전에 인터넷으로 런던 커피를 검색해 봤다. 검색 결과는 열몇 건이 끝이었다. 그것도 대부분 한 블로그에 올라와 있었다. '아무리 마셔 봤자'라는 블로그였는데, 단골인지 런던 커피에 관한 포스트가 꽤 많이 올라와 있었다. 다만 블로그 방문객이 하루에 한두 명 정도밖에 되지 않는 것 같아 홍보에 도움이 될 것 같지는 않았다.

"우리가 할 일이 있을까?"

재범이도 같은 생각을 했는지, 나한테 물었다.

"나 골려 주려고 그런 거야. 내가 커피 냄새 싫어하는 거 알고."

"브랜든이 그 정도로 너한테 관심 있을 것 같지는 않은데?"

재범이가 말하고는 허허 웃었다. 제 딴에는 농담이라고 한 것 같은데, 하나도 웃기지 않았다. 역시 하수다.

창밖으로 초록색 나뭇잎들이 파르르 떨리는 게 보였다. 보기만 해도 시원했다. 어쩌면 브랜든은 커피만큼 이 공간을 좋아해서 가게를 유지하는 건 아닐까. 아니, 내가 브랜든의 생각을 알 필요는 없지. 대충 약속을 지키는 척하다가 눈치 봐서 안 나오면 그만이다. 아무리 그래도 브랜든이 나를 고소할 거란 생각은 하지 않는다. 그럼 왜 나왔느냐? 아예 안 나오는 건 그냥 좀 지질한 거 같아서다. 지질하고 싶진 않으니까. 그때 누군가 계단을 올라왔다.

첫 번째 손님이었다.

재범이가 나를 툭 쳤다.

"가 봐."

"네가 가 봐."

입을 벙긋거리며 열심히 서로에게 손님을 떠넘기다가 재범이가 내 등을 앞으로 쭉 밀었다. 나는 그대로 앞으로 밀려 나가 단발머리 여자 앞에 섰다. 여자가 머리를 쓸어 올리며 나를 바라봤다. 나는 그게, 저, 저, 아니아니 하다가 엄청 큰 소리로 말했다.

"왜 오셨어요?"

여자가 풋 웃으면서 나를 쳐다봤다. 나는 말 한마디로 여자에게 비웃음을 살 수 있는 능력을 갖고 있다. 어릴 때부터 줄곧 알고는 있었지만, 잊을 만하면 이렇게 깨닫게 해 주는 사람이 나타나고는 한다.

"카페에 왜 왔겠어요?"

여자가 나지막이 말하고는 창가 쪽으로 고개를 돌렸다.

"그럼 커피 갖다 드리겠습니다."

"무슨 커피요?"

"커피요, 커피……"까지 말하고 나서야 커피의 종류가 엄청 많다는 것을 깨달았다. 처음에는 창피했고, 그다음에는 화가 났다. 아니, 브랜든은 일을 시킬 거면 알바가 무슨 일을 하는지 정도는 알려 줘야 하는 게 아닌가. 내 얼굴이 불그락푸르락해지는 동시에 누군가 2층으로 올라오는 소리가 들렸다. 브랜든이었다.

여자가 살짝 미소를 지으며 자리에서 일어섰다. 그러고는 카드를 꺼내 카운터로 갔다. 아, 저기서 주문하는 거구나. 나는 멍청하게 서서 여자의 뒷모습을 바라봤다.

"예가체프로 주세요."

"따뜻한 거죠?"

여자가 고개를 끄덕이며 "알바 뽑았어요?" 하고는 뒤를 돌아봤다. 어쩐 일인지 재범이 쪽은 보지 않고 나만 바라봤다. 내가 여자에게서 눈을 돌리는 순간, 브랜든과 눈이 마주쳤다. 브랜든은 뭐라고 해야 할까 고민이 되는지 입술에 침을 묻혔다. 여자가 그건 아무래도 상관없다는 듯이 다시 말했다.

"알바 있는 거 처음 보네요."

"아, 그게……."

여자는 브랜든이 내민 카드를 잡은 채로 가만히 있었다. 얼굴이 보이진 않았지만, 뒷모습만으로도 충분히 여자의 표정을 짐작할 수 있을 것 같았다.

"제 아들입니다."

브랜든이 비장하게 말했다. 마치 영화나 드라마에서 남자 주인공이 오랫동안 헤어졌다 만난 아들에게 아임 유어 파더, 라고 말하는 것 같았다. 내가 다 부끄러워졌다.

여자가 풋 하고 웃었다. 비웃음도 아니고 재밌어서 웃는 것도 아닌, 이상한 웃음이었다. 하긴 나라도 그랬을 것 같다. 제 아들입니다, 라니. 그냥 알바라고 하지. 여자가 자리로 돌아오면서 다시 한 번 나를 쭉 훑었다. 검사당하는 것 같아서 기분이 좋지 않았다.

"야, 우리 뭐 해야 되냐?"

재범이가 다가와 나를 툭 치고 나만 들리게 물었다.

"청소라도 해야 하나?"

재범이가 다시 물었을 때 나는 그냥 아무 자리에나 앉았다. 브랜든은 진짜 알바가 필요한 게 아니다. 그저 나를 벌주고 싶어서, 곤란하게 만들고 싶어서 이런 일을 벌인 거니까 그에 맞게 행동하면 됐다. 지금처럼.

지금처럼 카페 한구석을 차지한 채 카페 손님들에게 호기심의 대상이 되어 주면 된다. 곧 머리가 아파 왔다. 고개를 돌려 보니 브랜든이 커피를 내리고 있었다. 나는 급하게 숨을 참았다.

내가 터득한 커피 냄새를 이기는 방법이란 그저 코로 숨을 쉬는 걸 참고 입으로 숨을 쉬는 것이다. 오랫동안 그러고 나면 마치 한참동안 바닷물에 들어갔다 나온 것처럼 머리가 지끈거리지만, 달리 방법이 없었다. 그때 여자가 멍하니 입을 벌린 채 브랜든을 바라보는 모습이 눈에 들어왔다. 여자는 브랜든의 숨소리 하나까지 놓치지 않으려는 듯 집중하고 있었다. 브랜든은 마치 화가가 캔버스에 그림을 그리듯 부드럽게 커피를 내리고 있었다.

자기가 뭐 예술가인 줄 아나. 나는 맘껏 비아냥거리고 싶었지만 그러려면 숨을 내쉬어야 해서 참았다. 뭔지 모르게 비굴한 기분이 들었다.

"커피는 진짜……"

그때 뒤쪽에서 아주 작은 소리가 들려왔다. 여자의 목소리였다. 여자는 그렇게 말하고 휴, 하고 한숨을 내쉬었다. 커피는 진짜 잘 내리는데, 뭐 그런 뜻 같았다. 브랜든은 커피를 다 내리고 집에서 그랬던 것처럼 주먹만 한 잔에 정성껏 따랐다.

빠르게, 그러나 한 방울도 흐르지 않게.

흰색 도자기에 파란색 물방울이 들어간 무늬의 잔이었다. 브랜든은 잔 받침까지 받쳐 커피를 여자에게 가져다줬다. 여자는 브랜든은 쳐다보지 않은 채 커피만 노려봤다.

'커피 전문가야, 뭐야.'

나는 괜히 부아가 나서 여자를 노려봤다. 그때 여자가 고개를 들고 나를 쳐다봤다. 나는 못 본 척 눈을 내리깔았다.

"야, 좀 재수 없지 않냐?"

재범이가 내 어깨를 툭 치고는 작게 말했다. 나는 고개를 끄덕이려다 말고 "네가 뭔 상관이야"라고 해 버렸다. 재범이는 나를 의아한 듯 쳐다보더니 "저 여자 예쁘냐?"라고 물었다. 나는 아니라고 말하려 했는데 재범이가 "하여간 눈 낮아"라고 하는 바람에 졸지에 예쁘다고 답해 버렸다. 아니, 내 속마음은 이게 아니었는데.

재범이가 처음에는 작게 킥킥거리더니 점점 목소리를 키웠다. 그 바람에 여자도 브랜든도 모두 재범이를 쳐다봤다. 무슨 일이냐고 물어보면 어쩌지, 하는 내 생각과는 달리 둘은 웬 미친놈인가 하는 표정으로 고개를 돌렸다.

나는 다행이라고 생각하면서 재범이를 노려봤다. 재범이는 뭔가 건수를 잡았다고 생각했는지 나를 향해 손짓을 했다. 미친놈. 나는 그대로 창밖을 바라봤다. 바람에 흔들리는 초록색 나뭇잎이 마치 내 마음 같았다.

나는 흡—하, 흡—하, 입으로 숨을 쉬면서 이곳에 떠다니는 초조함, 우울감, 커피 냄새를 모두 날려 버리려고 애썼다. 하지만 그럴수록 거미줄처럼 커피 냄새가 나를 더 옭아맸다. 여기서 빠져나가는 길은 정녕 거미에게 잡아 먹히는 방법밖에 없는 것일까.

우리가 있던 다섯 시간 동안, 손님은 딱 다섯 명뿐이었다. 주문도 브랜든이 받고, 커피도 브랜든이 내리고, 청소도 브랜든이 했기 때문에 나는 그냥 풍경처럼 앉아 있기만 했다. 늘 있던 탁자처럼, 늘 있던 의자처럼, 아빠가 앉던 소파처럼. 재범이는 재밌는지 브랜든이 빗자루를 들면 자기는 행주로 탁자를 닦는 식으로 할 일을 찾아서 했지만, 나는 부러 눈치가 없는 척, 손님인 척 가만히 앉아 있었다.

다만 손님들과 다른 게 있다면 내 앞에는 커피가 없었다는 점이다. 손님도 아니고 주인도 아닌 어정쩡한 존재. 마치 집안에서의 내 모습 같았다. 나만 없다면 엄마도, 브랜든도, 별이도 편할 것이다.

"가자."

브랜든이 처음으로 나에게 말을 걸었다.

어느새 8시였다.

가라, 가 아닌 가자. 그 말뜻을 이해하려고 애쓰고 있는데 브랜든이 입고 있던 감색 앞치마를 벗었다. 그러니까 '가자'에 숨어 있는 말은 '같이'라는 것일까.

재범이는 "아싸, 끝났다!" 하며 그저 좋아하고 있었다. 재범이와 브랜든이 성큼성큼 1층으로 내려갔고, 잠시 후 불이 꺼졌다. 얼른 나오라는 뜻이었다.

정말 매너라고는 눈곱만치도 없었다.

다행히 밖의 가로등이 밝아서 넘어지지 않고 1층으로 내려갈 수 있었다. 나와 재범이가 카페를 나오자 브랜든이 문을 잠갔다.

"나 약속이 있어서 먼저 갈게."

재범이가 마치 눈치 있는 척, 센스 있는 척하며 내 등을 툭 치고 눈을 찡긋했다. 나는 일부러 눈치 없는 척 "너 약속 없잖아!"라고 또박또박 말했다.

"내가 뭐 너한테 일일이 다 보고하고 약속 잡냐?"

재범이가 브랜든에게 "그럼 가 보겠습니다" 하고 인사했다. 브랜든이 고개를 끄덕이자 재범이는 나와 반대쪽으로 걸어갔다.

어쩔 수 없이 브랜든과 집까지 같이 걸어가야 하는 걸까.

저도 약속이 있어서, 라고 말하고 싶었지만 너무 속 보이는 거 짓말이라 입이 잘 떨어지지 않았다. 저도, 저도, 라고 속으로 계속 말하다 보니 어느새 나는 브랜든의 뒤를 따라가고 있었다.

브랜든은 일부러 천천히 걷는 듯했다. 나도 일부러 더 천천히 걸었기 때문에 우리 사이의 거리는 열 발자국 정도로 계속 유지됐다. 어느 순간 브랜든이 멈춰 섰다. 나도 따라 멈춰 섰다. 브랜든은 한동안 멈춰 서 있다가 내가 오지 않자 포기했는지 다시 걷기 시작했다.

브랜든과 나란히 걷는 건 아직 마음으로 받아들일 수 없었다. 마치 아빠를 배신하는 것 같은 느낌이었다. 나는 혹시나 누군가가 이 모습을 볼까 싶어 자꾸 주위를 두리번두리번거렸다. 사람들이 저기 커피집 총각이 애 딸린 여자랑 결혼을 했는데, 저 뒤에 따라가는 게 그 애래, 하고 손가락질할 것만 같았다. 그리고 이렇게 수군거릴 것만 같았다.

글쎄, 남자 떠난 지 일 년 만에 재혼했대.

뭐가 그렇게 급하다고.

죽은 남편만 불쌍하지.

아니, 원래 만나던 사이 아니야?

그러나 내 생각과는 달리 아무도 나를 쳐다보지 않았다. 휴대폰을 보거나, 전화통화를 하거나, 바쁘게 걸을 뿐이었다. 아니, 휴대폰을 보는 척하면서 나와 브랜든을 보는 게 아닐까? 전화통화를 하면서 내 얘기를 하는 게 아닐까? 바쁘게 걷는 척하면서 실은 뒤통수에 눈이 달린 게 아닐까? 아닌 줄 알면서도 자꾸만 그런 생각이 들었다.

아빠가 우리를 떠난 게, 엄마가 재혼을 한 게, 나에게 새아빠가 생긴 게 이렇게 아무 일도 아닐 수는 없었다. 그런데 세상은 나와 상관없이 제 갈 길을 가는구나. 세상도 나를 버렸구나.

사람들이 수군거리는 게 싫으면서도 막상 아무도 나를 주시하지 않자 묘한 소외감이 느껴졌다. 그때 브랜든이 뒤를 돌아봤다.

"배고프지 않아?"

나는 고개를 저었다.

"나는 배고픈데…… 삼겹살 좋아해?"

브랜든이 멈춘 곳은 삼겹살집 앞이었다.

나는 또 고개를 저었다.

"진짜 안 먹을래?"

나는 입을 꾹 다문 채 고개를 끄덕였다. 브랜든이 잠시 생각하듯 고개를 저었다.

브랜든이 내 손을 잡고 가게로 이끌면 손을 빼면서 이러지 좀 마세요! 하고 소리를 질러야지, 생각했는데 브랜든은 그대로 다시 집 방향으로 걸어갔다.

왜? 도대체 왜?

도대체 왜 아무도 나에게 뭐라고 하지 않을까? 뭐라고 해야 화도 내고 깽판도 치고 분풀이도 하는데⋯⋯. 브랜든이 나에게 아무것도 강요하지 않아 나도 아무것도 거부할 수 없었다. 조금씩 그게 부당하다는 생각이 들었다.

화낼 권리. 그래, 맞아. 화낼 권리를 빼앗긴 기분이었다. 계속 화를 내고 싶은데 그러려면 브랜든의 협조가 필요했다. 그러나 브랜든은 협조할 생각이 없었다.

집 앞에 도착했을 때, 나는 브랜든을 고분고분 따라 들어가고 싶지 않았다. 엄마가 그 모습을 보는 게 싫었다. 브랜든이 계단을 올라가다 말고 뒤를 돌아봤다. 나는 그대로 반대쪽으로 뛰어가며 편의점 갔다가 갈게요, 라고 아주 작게 말했다. 브랜든이 들었을지는 모르겠다.

뛰어가고 있는데 뒤에서 뭐라고 하는 소리가 들렸다. 뒤돌아보니 브랜든은 이미 집에 들어갔는지 보이지 않았다. 환청이었다. 브랜든과 한 공간에 같이 있는 것만으로도 진저리를 치면서도, 나는 브랜든이 나를 불러 주길 바랐던 걸까?

그럴 리가 없지, 설마.

나는 고개를 저었다.

6

수업이 끝날 때까지 재범이는 들떠 있었다.

"그만 좀 해."

내가 핀잔을 주자 혼자 또 실실 웃는다.

재범이는 오전에 학교에 도착하자마자 오로라 이야기를 꺼냈다. 또냐, 라고 하자 오늘 오후에 만나기로 약속했다고 했다. 그러면서 부탁이 있단다.

"오로라가 너도 같이 와 달라고 했어."

이유를 묻자 오로라가 꼭 친구와 함께 나와 달라고 했다나 뭐라나. 어제 자기가 집에 갈 때 브랜든과 둘이 가도록 빠져 준 것처럼 너도 이따가 눈치껏 빠지라는 말과 함께.

친구랑 함께 오라고 한 이유가 있을 거 아니냐고 물었지만 재범이는 그저 쑥스러운가 보지, 라고 말했다. 좀 찜찜했지만, 결국 알았다고 했다.

홍대로 가는 길, 버스 제일 뒷자리에 앉아 나는 창밖을, 재범이는 휴대폰을 봤다.

"브랜든이랑은 좀 친해졌냐?"

"미쳤냐?"

"무슨 말만 하면 미쳤냐고 하네."

"돌았냐?"

"말을 말자."

"기어코 미쳤네."

재범이가 한숨을 푹푹 내쉬면서 말했다.

"솔직히 너랑 이렇게 다니는 거 봉사활동이나 마찬가지야. 사회에 내놓으면 민폐 끼칠 것 같아서 내가 희생하는 거야. 내가 원래 희생정신이 강하거든."

내가 반박할 줄 알았는데 가만히 있자 재범이가 나를 툭 쳤다.

"뭐 보는 거야?"

빨간불이었다.

"저 여자 보는 거야? 하도 집중해서 연예인이라도 본 줄."

아빠가 돌아가신 지 일 년 만에 엄마가 재혼했고, 나는 그 슬픔에 취해 있어야 하는데 여자가 눈에 들어온다는 게 정말 이해되지 않았다. 자기 취향의 이성을 보면 눈이 돌아가는 게 사람의 본성이다. 그럼 슬픔은? 슬픈 와중에도 똥을 싸고 학교를 가고 밥을 먹고 이성을 보며 침을 흘린다. 그렇다면 슬픔도 별것 아닌 거 아닐까? 내가 너무 슬픔을 확대해석하는 걸 수도.

그런데 나 정말 슬픈데?

재범이가 입을 살짝 내밀면서 말했다.

"야, 넌 눈이 무릎에 달렸냐? 오로라 보면 난리 나겠네."

지금 재범이랑은 무슨 이야기를 해도 오로라로 귀결된다.

재범이는 휴대폰 카메라를 보며 연신 머리를 다듬었다. 손가락에 침을 묻혀 구렛나루를 정리하기까지 했다.

"더러워."

내가 말하자 재범이가 입꼬리를 살짝 올리며 비웃었다. 오늘 재범이의 표정은 생글생글 웃거나 비웃거나 둘 중 하나다. 그렇게나 좋을까.

"열 번 찍어 안 넘어가는 나무 없다는 말은 진짜 진리야. 모든 남자가 기억해야 할 명언이지."

"열 번 찍으면 스토커야."

내가 말하자 재범이가 픽 웃고는 내 어깨에 팔을 올렸다. 이 자세로 말할 것 같으면 이제부터 너한테 진실을 알려주겠다는 재범이만의 결연한 의지표명이 담긴 자세다. 나는 재범이의 팔을 툭 쳤다. 그러자 팔이 내 어깨에서 스르르 내려갔다. 재범이는 굴하지 않고 다시 팔을 얹었다.

"여자는 말이야, 자존심이 생명인 존재야. 좋아도 싫은 척, 싫어도 싫은 척? 아 유 언더스탠?"

"노 언더스탠. 네가 언제 맞는 말 한 적 있냐."

이번엔 재범이의 팔을 비틀면서 내렸다. 재범이가 아아! 소리를 냈다.

"네가 그러니까 여자친구를 못 사귀는 거야."

재범이가 툴툴거리며 말했다.

"너는?"

"나는 키 때문…… 됐다, 내리자."

재범이가 비장한 목소리로 말했다. 데이트가 아니라 전투를 하러 나온 사람 같았다. 마치 투우사처럼. 오늘 오로라로부터 확답을 듣겠다는 결심을 한 것 같은데, 어쩐지 예감이 좋지 않다.

만남의 메카, 홍대 KFC 앞에 서 있자 재범이가 머지않아 오로라다, 했다. 재범이의 시선을 쫓아가 보니 재범이가 처음 사귀었던 민지와 꼭 닮은 여자가 서 있었다. 깡마르고 키가 컸다. 재범이가 예쁘다는 여자는 내 눈엔 안 예뻐 보이고, 내가 예쁘다는 여자는 재범이에게는 매력이 없다. 그래서 우리는 서로 눈이 낮다고 놀리기 일쑤였다. 이번에도 마찬가지였다.

"여기."

재범이가 손을 살짝 들고 말했다. 오로라가 눈썹을 씰룩이며 다가왔다. 들떠 있는 재범이와는 상반된 얼굴이었다. 눈빛에는 근심이 묻어 있었고, 입술은 꾹 다물려 있었다. 나는 여자친구는 잘 못 사귀지만, 눈치는 백 단이다. 한눈에 봐도 오로라가 거절하기 위해 나왔다는 걸 알 수 있었다.

못생긴 남자로 살면 저절로 눈치가 는다. 재범이가 눈치 없이 열등감만 느는 건, 잘생긴 외모와 그렇지 않은 키 때문인 것 같다. 나처럼 애초에 인기가 없었으면 눈치라도 키웠을 텐데…… 쯧쯧.

데이트한다고 연신 싱글벙글했던 재범이만 안됐다. 그리고 어차피 거절할 걸 굳이 만나자고 한 오로라에게 왠지 짜증이 났다.

"안녕."

나는 마음과 달리 밝은 목소리로 인사했다. 오로라가 고개를 까딱였다.

"배고프지? 내가 봐 둔 레스토랑 있는데."

재범이가 설렘이 깃든 목소리로 말했다. 오로라가 입술을 지긋이 깨물더니 "카페나 가자"고 했다. 아씨, 배고픈데. 나는 툴툴거리며 오로라와 재범이를 따라갔다.

역 근처 카페라 그런지 소란스러웠다. 재범이가 뭘 먹을 거냐고 물어서 나는 딸기라떼를, 오로라는 카페모카를 주문했다. 재범이가 주문하러 가자 오로라가 곧바로 탁자 위로 몸을 기울였다.

"쟤 어떤 애야?"

진지한 표정이 아니었다면 미친 사람 보듯 쳐다봤을 것이다.

"둘이 사귄다며. 네가 더 잘 알 거 아니야."

내가 말하자 오로라가 다시 입술을 잘근잘근 씹었다.

"나, 사실 너 보려고 여기 나왔어."

오로라가 계산대를 힐끗 보며 말했다. 계산대 앞에 길게 줄이 늘어서 있었다. 재범이가 주문을 하고 돌아오기까지는 시간이 꽤 걸릴 것이다.

"무슨 말이야?"

나를 만나기 위해 일부러 재범이에게 접근했다고? 에이, 내가 아이돌도 아니고. 얘 혹시 취향이 독특한가? 아니다. 아까도 말했다시피 나는 눈치가 있는 편이다. 오로라의 표정을 보니 그런 건 아닌 것 같았다.

"어제 연락 씹었더니 전화만 30통 가까이 왔어. 쟤 사이코지?"

오로라가 침을 삼켰다.

"쟤 전 여자친구한테도 막 집착하고 그랬어? 나 무서워서 나왔어."

오로라가 구조를 기다리는 고양이 같은 표정으로 나를 쳐다봤다. 열 번 찍어 안 넘어가는 나무 없다고 했던 재범이의 말이 떠올랐다. 사실 도끼 들고 쫓아오면 어떤 여자라도 넘어간 척할 수밖에 없지 않을까.

"그런 놈은 아니야."

내가 말하자 오로라가 "쉿" 했다. 재범이가 음료가 든 쟁반을 들고 걸어오고 있었다.

"오래 기다렸지? 사람이 너무 많아."

재범이는 오로라와 내가 무슨 대화를 했는지는 상상도 못 한 채 생글생글 웃으면서 말했다. 나는 딸기라떼를 한입 마시며 오로라를 바라봤다. 오로라는 아무 표정 없이 카페모카를 마셨다. 커피 냄새가 나서 입으로 숨을 쉬었다. 후아 후아. 오로라가 나를 보는 표정이 아까와는 좀 달라진 것 같다. 재범이를 보는 표정과 비슷한 표정이 됐달까?

"둘이 무슨 이야기했어? 재밌어 보이던데."

재범이가 순진한 표정으로 물었다.

"네 욕했다."

내가 말하자 재범이가 호탕하게 웃었다. 친구야, 농담이 아니야. 이 말을 해 줄 수가 없어서 답답했다.

"근데 오늘 친구는 왜 데리고 나오라고 한 거야?"

재범이가 오로라한테 묻자 오로라가 또다시 침을 삼켰다.

"그냥, 네 친구 궁금해서."

"그래? 그럼 나중에 네 친구도 데리고 나와."

재범이의 말이 끝나자 어색한 기운이 감돌았다.

"이따가 영화 볼래?"

재범이가 말하자 오로라가 나를 쳐다봤다. 재범이를 따라 여기 나올 때부터 불길했는데, 역시나였다.

"영화는 다음에 보자. 나 오늘 엄마가 일찍 오랬어."

"무슨 소리야. 너 야자한다고 말해 놨다며."

재범이가 이상하다는 듯한 얼굴로 나를 쳐다봤다.

"아, 엄마가 야자하다가 집으로 오라고 했어."

재범이가 한마디 더 얹을 것 같아 내가 선수를 쳤다.

"넌 말이 왜 이렇게 많냐?"

내가 퉁을 주자 재범이는 오로라를 쳐다보곤 입을 다물었다. 오로라가 나와 재범이를 유심히 보더니 희미하게 웃었다. 아까보다는 두려움이 조금 사라진 것 같았다.

"애가 겉으로는 이래도 속은 깊어. 뭘 좋아하면 늘 일방통행이고."

내가 말하자 재범이가 쑥스러운 듯 머리를 긁적였다.

"넌 갑자기 뭐 그런 말을 하냐. 나 화장실 좀 갔다 올게."

재범이 일어서서 나가자 오로라가 다시 상체를 테이블 위로 기울였다.

"쟤 이상한 애 아니야. 여자가 싫다고 해도 계속 들이대는 게 남자다운 건 줄 알아서 그래. 게다가 콤플렉스도 좀 있고."

"그럼 안 만난다 했다고 막 학교나 집으로 쫓아오지는 않겠지?"

"걱정 마. 그런 건 내가 못 하게 할게."

오로라가 내 눈을 뚫어지게 쳐다보더니 휴대폰을 내밀었다.

"찍어."

"뭐?"

"번호."

"왜?"

내가 묻자 오로라가 내 손에 자기 휴대폰을 쥐여 주며 말했다.

"네가 쟤 보증인이야. 네 말 믿고 쟤한테 오늘 확실히 말할 거니까 네가 책임져."

내가 뭐라 말하려는데 재범이가 화장실에서 나오는 게 보였다. 나는 오로라의 휴대폰에 얼른 내 휴대폰 번호를 찍고 건네주었다.

"둘이 뭐야?"

재범이 자리에 앉으며 물었다.

"앱 봤어. 게임 앱."

오로라가 재빨리 말했다.

"그래? 무슨 게임 하는데?"

나는 오로라에게 시간을 주기 위해 자리에서 일어섰다. 내가 재범이에게 오로라의 마음을 대신 전한다면 재범이는 더 큰 상처를 받을 것이다. 오로라가 재범이에게 자신의 속마음을 이야기한 후에, 재범이의 행동이 어떤 사람에게는, 특히 여자일 경우에는 공포로 다가올 수 있다는 걸 이야기해 주는 게 나을 것이다.

"나 가 볼 테니까 둘이 좀 더 이야기하다가 와."

내가 자리에서 일어서자 오로라와 재범이가 둘 다 나를 올려다봤다. 재범이는 둘만 남는 게 싫지 않은지 웃음을 참지 않았다. 나는 대충 손으로 인사하고 카페를 나왔다.

유리창 너머로 보이는 둘의 표정이 상반되어 있었다. 재범이는 어쩔 줄 몰라 하는 표정이었고 오로라는 결연한 표정이었다. 나는 둘을 남겨두고 집으로 가는 버스에 올라탔다.

아무리 4월이라고 해도 밤에는 쌀쌀한 기운이 남아 있었다. 나는 놀이터 그네에 앉아 재범이를 기다렸다. 아까 오로라에게 재범이와 헤어졌다는 문자를 받았기 때문이다. 자신은 솔직한 심정을 이야기했고, 재범이가 그걸 받아들였는지는 모르겠다고 했다. 다만 더 이상 연락하면 부모님께 알릴 테니까 그런 일이 일어나지 않게 좀 도와달라는 내용이었다.

솔직히 재범이를 어떻게 위로해 줘야 할지 모르겠다.

오로라에게 전화를 30통 가까이 했다는 말을 들었을 때는 나도 좀 놀랐다. 재범이가 뭐든지 악착같은 면이 있어 공부도 운동도 잘하지 않으면 못 견딘다는 건 알았지만, 그게 여자애에게까지 적용될 줄은 꿈에도 몰랐다.

'열심히'의 정의는 무엇일까.

마음에 드는 여자의 마음을 얻기 위해 열심히 노력하는 것, 그게 어떤 경우에는 폭력이 될 수도 있다는 걸 재범이는 알까.

재범이가 터벅터벅 걸어오는 모습이 보였다. 내가 그네에서 일어서자 재범이가 멈춰 섰다. 노란 불빛의 가로등이 재범이의 얼굴을 비췄다. 예상한 대로 표정이 심각했다.

"안 들어갔냐?"

재범이가 가방을 벗으며 물었다.

"너 기다렸어."

내가 말하자 재범이 입술을 삐쭉이며 팔뚝을 비볐다. 재범이가 "닭살"이라고 말하며 그네에 앉았다. 나도 다시 그네에 앉았다. 가로등 불빛이 나와 재범이를 비췄다. 마치 연극의 한 장면처럼 느껴져서 괜히 긴장됐다.

"아까 오로라가 뭐라고 말했어?"

"뭐?"

내가 모른 척 물었다.

"나 화장실 갔을 때 둘이 열심히 떠들었잖아."

재범이가 귀찮다는 듯이 말했다.

"그냥 뭐……."

"나 차였다."

재범이는 발로 힘껏 땅바닥을 밀며 말했다. 재범이의 몸이 공중으로 나아갔다.

"어쩐지, 전화를 그렇게나 씹더니만 갑자기 만나자고 했을 때부터 이상했어."

재범이 혼잣말처럼 말했다.

"괜히 튕기는 거 아니고 진심으로 내가 싫으니까 연락하지 말래."

재범이가 갑자기 그네에서 내렸다. 그네가 공중에 있을 때 뛰어내린 거라 순간적으로 내 몸이 튕겨져 올라가는 것 같았다. 재범이가 나에게 다가왔다.

"야, 사랑에 키가 대수냐?"

재범이가 너무 진지하게 물어 나는 헛웃음이 났다. 고작 거절의 핑계를 키에서 찾다니. 이젠 왕자병처럼 느껴질 정도였다. 자기가 키 빼고는 부족한 게 없는 줄 아나.

"키 때문이래?"

"죽어도 키 때문이 아니래. 죽어도!"

재범이는 오른쪽 발로 땅바닥을 툭툭 내리쳤다.

"그럼 뭐겠어?"

"네 쌍꺼풀이 싫을 수도 있잖아."

"뭐? 장난해? 이건 국보급 쌍꺼풀이야. 일명 '원빈 쌍꺼풀'이라고도 하지."

재범이의 얼굴에 순간 자부심이 일었다.

"미쳤냐? 그리고 원빈 얼굴 싫다는 여자도 있거든."

"야, 네가 어떻게 알아? 네가 여자야?"

나도 그네에서 일어섰다.

"오로라가 키 때문 아니라고 했다며! 그럼 그런 줄 알면 되지, 왜 자꾸 너를 괴롭혀? 막말로 오로라 같은 애가 너 싫다고 했다고 네가 후져지냐?"

점점 커지는 내 목소리에 재범이가 주춤했다.

"나쁜 년."

재범이가 작은 목소리로 말했다.

"나쁜 건 걔가 아니라 너야! 너도 키 크고 예쁜 여자 좋아하잖아. 오로라는 키 큰 남자 좋아하면 안 되냐?"

내가 화를 내며 말하자 재범이가 모래 위에 털썩 주저앉았다.

"아, 시발!"

재범이는 모래를 한 주먹 쥐고는 허공을 향해 날렸다. 모래가 사

방에 뿔뿔이 흩어졌다. 몇 차례 같은 행동을 반복한 재범이가 자리에서 일어서서 말했다.

"너 잘났다."

원망스러운 눈길로 나를 쳐다보고 있었다. 나는 재범이의 어깨에 손을 얹었다. 하지만 재범이는 내 손길을 뿌리쳤다.

"넌 사랑을 몰라."

재범이는 씩씩거리며 걸어가다 뒤를 돌아보고 말했다.

"너 앞으로 나한테 왜 아줌마가 브랜든 같은 사람이랑 재혼했는지 모르겠다고 말하지 마. 말하면 죽는다."

재범이의 눈이 이글이글 타올랐다.

위로해 주려고 재범이를 기다린 건데 위로는커녕 화만 돋운 것 같다. 나는 내 머리를 마구 헝클었다. 재범이의 표정을 봐서는 하루 이틀 정도로는 화가 풀릴 것 같지 않았다. 그래도 친구를 전과자 만들 수는 없으니까. 나중에는 나한테 고마워하게 될 것이다.

나는 스스로를 다독이다 발로 모래를 뻥 찼다. 모래가 내 얼굴을 향해 날아왔다. 모래가 눈에 들어갔는지 눈이 따끔거렸다.

"망할 놈! 내가 여기서 몇 시간을 기다렸는데!"

뒤늦게 말했지만 재범이는 이미 보이지도 않았다. 다시 그네에 앉았다. 그리고 재범이가 했던 말을 떠올렸다.

엄마는 왜 브랜든 같은 남자를 선택했을까?

엄마의 재혼도 이해가 가지 않지만 브랜든 같은 남자를 만난 건

더더욱 이해가 되지 않는다. 아빠처럼 대기업에 다닌 것도 아니고, 그렇다고 잘생기지도 않았는데, 왜? 엄마는 보통 아줌마들에 비하면 예쁜 편이다. 엄마랑 아빠랑 같이 외출하면 사람들이 부인이 이렇게 예쁘셔서 남편 분이 불안하시겠어요, 하기도 했다.

물론 엄마 아빠 기분 좋으라고 하는 말이었지만, 거짓은 아니었다. 나는 마흔이 넘었는데도 아름다운 엄마를 사랑한다. 엄마가 아름답다는 게 그냥 자랑스럽다. 어릴 때는 엄마처럼 아름다운 여자와 결혼하고 싶었다.

그런데 그런 아름다운 엄마가 일자 눈에, 일자 눈썹에, 일자 입술을 가진, 감정이 없는 것만 같은 브랜든—머리 덥수룩한 건 너무 진부한 것 같아 말하고 싶지도 않다—과 결혼했다. 게다가 아빠의 단골 카페 사장이기까지 한.

[너희 카페 커피 맛있냐?]

놀랍게도 오로라의 연락이었다. 재범이 감시용으로 연락처를 주고받았을 뿐, 개인적인 연락이 올 거라고는 생각하지 못했다. 아니면 재범이가 벌써 사고를 쳤나?

[카페?]
[런던 커피. 너네 새아빠가 한다는.]

[너 뭐야? 스토커야? 재범이가 스토커가 아니라 네가 스토커네. 미쳤냐?]

[워워. 내가 누구한테 들었겠냐?]

[김재범? 와, 미친놈.]

[블로그에도 나오던데? '아무리 마셔 봤자'인가 뭔가.]

오로라가 블로그 링크를 보내왔다. 내가 브랜든에 대한 정보를 찾기 위해 검색했을 때 발견한 블로그였다. 그 블로그에 내 이름이 뜬다고? 브랜든이 실은 동네 유명인사인 걸까? 그런 것치곤 런던 커피에는 항상 빈 자리가 많았다.

오랜만에 가 본 런던 커피. 여름 가까워지니 진짜 모습을 드러내네요. 브랜든은 제가 브랜든이 내려 준 커피를 좋아해서 자주 간다고 생각하지만, 저는 실은 런던 커피 자체를 사랑해요. 특히 담쟁이넝쿨이 벽을 감싸고 있는 여름의 런던 커피를요.

오랜만에 갔더니 알바생도 보이더라고요. 것도 두 명이나. 근데 하는 폼이 돈 주고 부리는 것 같지는 않고, 문제아들 맡아 주는 것 같았어요. 너무 어리바리하더라고요. 브랜든이 아무리 사업 감각이 없어도 그렇지, 그런 애들을 쓰겠어요?

알바 둘은 친구인 것 같았어요. 서로 이름을 부르더라고요. 강산인가 뭔가. 근데 강산이란 이름 좀 어색하지 않아요? 강이랑 산은 좀 안 어울리잖아요. 그 둘을 왜 붙였을까요? 부모 입장에서야 강처럼 깊고

산처럼 높은 사람이 되어라, 뭐 그런 마음으로 지어준 것일 수도 있지만, 제 생각에 저런 이름을 가진 사람은 강처럼 깊지도, 산처럼 높지도 않고, 되게 애매한, 어중간한 인생을 살 것 같아요.

아, 참. 재밌는 소문이 있더라고요. 브랜든이 어리숙해 보여도 실은 그렇지 않다는 거예요. 이 동네도 강남만큼은 아니지만 임대료가 꽤 비싸잖아요. 근데 브랜든은 그런 곳에서 10년 넘게 가게를 운영하고 있잖아요. 런던 커피 가 보시면 알겠지만 적자가 안 날 수가 없을 텐데, 그럼 적자여도 메꿀 곳이 있다는 거죠. 처음부터 고급 원두랑 핸드드립만 고집하는 걸 보고 금수저구나, 하고 생각하긴 했어요. 그런데 이번에 런던 커피 건물도 샀다고 하더라고요.

암튼 오늘의 커피 사진 투척. 오랜만에 가도 역시는 역시구나 싶어요. 건물도 브랜든이 샀다니까 폐업할 일도 없고. 이 동네 떠나기 전까지는 앞으로도 자주 다녀야겠어요.

포스트에는 나와 재범이의 뒷모습이 찍힌 사진도 있었다. 얼굴만 안 나오면 뭐 하나. 나를 아는 사람이라면 누가 봐도 나인, 그런 사진인데다가 이름도 까발렸는데. 하긴, 블로그에 남의 사생활을 거리낌 없이 나불거리는 것만 봐도 어떤 사람인지 알 것 같긴 하다.

[오늘 입은 옷이랑 똑같은 옷 맞지?]

오로라가 물었다. 답할 새도 없이 연달아 카톡이 왔다.

[내가 좀 찾아봤거든?]

[넌 맨날 뭘 그렇게 찾냐?]

[나 사실 김재범이 데려온다는 친구가 너인 것도 알고 있었어.]

[뭐?]

[김재범, 이상한 애 같아서 SNS 계정 봤더니 너랑만 댓글 주고받던데?
둘이 사귀는 줄. 차라리 둘이 사귀고 나는 좀 빼 줘라.]

[아, 씨.]

[아, 씨? 씨이? 암튼 내가 좀 찾아보니까 이런 게 나오더라고.]

오로라가 사진을 한 장 보내왔다. 맘카페 포스트 캡처본이었다.

제목: 그 소문 들었어요?

얼마 전에 런던 커피 입구 유리문 누가 부숴서 경찰 오고 그랬었잖
아요? 그게 거기 사장이 결혼한 여자의 아들이 그런 거래요. 사장은 초
혼인데 여자가 다 큰 아들을 뒀다고.

근데 문 부순 이유가 여자가 사장한테 미쳐서 남편 사망보험금으로
건물을 사 줘서 그런 거래요. 참…… 남자에 미치면 못할 짓이 없다니
까요. 자식한테 줘야 할 돈을 남자한테.

[왜 답이 없어?]

[넌 이런 말을 믿냐?]

[누가 믿는대? 황당하니까 그렇지. 다들 할 일이 없는지 없는 소문도 지어내고. 우리 엄마도 족발집 하는데 맘카페에 허위 소문 올라와서 소송한다 뭐한다 난리도 아님.]

　재범이만이 아니라 오로라도 도가 지나쳤다. 둘이 왜 그렇게 온라인에서 죽이 잘 맞았는지 알 것 같았다. 사실 건물 이야기 이후로 오로라와의 대화에 집중이 되지 않았다. 그래서 물었다.

[왜 연락한 건데?]

[궁금해서. 김재범이 뭐래?]

[앞으로도 너 쫓아다닐 거래.]

[거짓말이지?]

[응. 걔가 좀 과했던 건 맞아. 부재중 전화가 그 정도로 오면 나라도 무서웠을 것 같아. 근데 이제 안 그럴 거야. 내가 보증할게. 나 잘 거니까 연락하지 마.]

　건물을 사 줬다고? 그래, 맘카페에 온갖 이야기가 다 올라오는 건 알고 있다. 그런데 아무 근거도 없이 그런 이야기가 올라왔을까? 식당에 갔는데 서비스가 안 좋더라, 이런 글이 올라오면 서비

스가 안 좋다는 말은 사실이 아닐 수 있어도, 글을 올린 사람이 식당에서 무언가 문제를 겪었다는 건 유추할 수 있다. 그렇다면 그런 소문이 난 원인은 무엇일까?

애가 둘이나 딸린 여자와 총각이 결혼했기 때문에? 그래, 그럴 수도 있다. 그런데 단순히 여자가 돈이 많다, 정도가 아니라 건물을 사 줬다고까지 소문이 났다. 최근에 그 건물 소유주가 바뀌었기 때문이 아닐까? 설마 정말 엄마가 아빠의 사망보험금으로 건물을 산 걸까?

정신을 잃을 것만 같았다.

7

엄마가 재혼을 선언하고 얼마 지나지 않아 할머니와 고모, 삼촌이 집에 들이닥쳤다. 세 사람은 이전에 내가 알던 사람들이 아니었다. 나와 별이를 보고 웃지도 않고 안부를 묻지도 않았다. 돈의 행방만 물었다.

"언니, 오빠 죽은 지 2년이 됐어요, 3년이 됐어요? 고작 일 년이에요. 그새를 못 참고 재혼을 해요? 아무리 부부가 돌아서면 남이라지만!"

엄마는 고개를 숙인 채로 있었다. 할머니가 나와 별이의 손을 잡아끌기 전까지는 말이다.

"지금 뭐 하시는 거예요?"

엄마가 하얗게 질린 얼굴로 할머니를 향해 소리 질렀다.

"남자에 빠져서 애들을 제대로 돌보기나 하겠어? 애들은 내가 키울 테니까 아범 사망보험금이나 내놔!"

엄마의 낯빛이 다시 붉어졌다.

"그놈의 돈, 돈, 돈! 제발 돈 얘기 좀 그만하세요. 그이 그렇게 가고 나서 고모랑 삼촌, 장례식장 와서 뭐라고 하셨어요? 돈 빌려달라고 했죠? 어머님도 이러시는 거 아니에요. 죽은 아들은 죽은 아들이고, 산 아들이라도 살려야겠다, 이거예요? 삼촌 사업 어려워져서 이러시는 거 아니에요?"

엄마의 얼굴로 할머니의 손이 빠르게 날아갔다. 뺨을 맞고도 엄마가 고개를 빳빳이 들자, 곁에 있던 삼촌도 손을 들었다. 그 순간, 나는 삼촌 팔을 잡았다.

엄마가 죽도록 싫었다. 남편 죽은 지 일 년 지나자마자 재혼하는, 그러니까 지조도, 죽음에 대한 최소한의 예의도 없는 사람이 내 엄마라는 게 싫었고, 이제껏 엄마에 대해 잘못 생각해 온 나 자신도 싫었다.

그런데 어째서 내 손이 움직인 것일까? 이로써 나는 재혼을 찬성하는 사람이 됐고, 엄마의 재혼은 공식적으로 인정받았다.

나는 삼촌 팔을 놓아주었다. 삼촌이 얼빠진 얼굴로 나를 쳐다봤다. 삼촌의 눈시울이 붉었다. 삼촌이 슬픈 게 사랑하는 형을 떠나보내서인지, 비빌 언덕이 없어져서인지 모르겠다고 생각했다. 후자라면 너무 서글플 것 같아, 전자라고 생각하기로 마음먹었다.

"애들 걱정돼서 그렇죠, 언니."

고모가 한풀 꺾인 목소리로 말했다.

"내가 애들 구박받게 놔둘 것 같아요? 고모, 제 성격 몰라요?"

엄마가 놀란 마음을 애써 숨기고 떽떽거리며 말하자 할머니가 고개를 돌렸다. 할머니는 현관문을 나서기 전 나를 오래도록 쳐다봤다. 나는 할머니의 눈빛에서 참담한 슬픔을 봤는데, 아빠 장례식장에서 본 눈빛과 똑같았다. 어쩌면 할머니는 삼촌이 조르니 어쩔 수 없이 왔지만, 필연적으로 아빠의 부재를 떠올릴 수밖에 없는 이곳에 오기 싫었을 거라는 생각이 들었다.

그 후로 할머니를 본 적이 없다. 가끔 할머니가 싸 준 김밥이 그리웠지만, 어쩐지 연락할 수가 없었다.

편의점에 들어가려다 부동산 간판을 물끄러미 바라봤다. 동네 부동산이니 건물이 팔린 것 정도는 알지 않을까? 편의점에 들어가서 차가운 이온음료 한 캔을 샀다.

편의점 앞에 마련된 간이의자에 앉아 이온음료를 볼에 대는 순간, 건물이 누구 명의인지 확인해 봐야겠다는 생각이 명확해졌다. 그전까지 나는 의심을 거두지 못할 테니까.

8

어젯밤, 인터넷으로 등기부등본을 확인했다. 누구나 남의 등기부등본을 열람할 수 있다는 걸 처음 알았다.

등기부등본을 떼 보는 데는 채 5분도 걸리지 않았지만 볼까 말까 고민하는 데는 수만 년이 걸린 것 같다. 거짓말이다. 3시간 걸렸다. 두려웠다. 엄마에게 실망할까 봐? 그건 이미 수도 없이 했다. 그럼 원하지 않는 사실을 확인할까 봐? 새벽 2시쯤 등기부등본을 보기 위해 다시 책상 앞에 앉았다.

거기에는 브랜든의 본명인 '이현철'과 '정현주'라는 엄마의 이름이 나란히 적혀 있었다. 둘의 공동 명의였다. 믿기지 않아 몇 번이고 새로고침을 해 봤지만 이름은 바뀌지 않았다.

정말로 남자에 미쳐서 아빠의 사망보험금을 다른 남자한테 건물을 사 주는 데 썼다고?

처음엔 분노했지만, 차츰 분노가 사그라들었다. 오히려 엄마가 재혼한 후 처음으로 엄마가 가엽게 느껴졌다. 엄마가 혹시 사기당한 건 아닐까? 하는 생각이 불현듯 들었기 때문이다. 브랜든은 돈 때문에 엄마에게 접근했고—남자 꽃뱀, 그래, 꽃뱀 좋다!—엄마는 아빠를 잃은 상실감에 잠깐 혹한 것이다. 그러니까 엄마는 아빠를 배신한 게 아니고 사기꾼에게 당한 것이다.

이렇게 생각하자 모든 게 선명해졌다. 왜, 아무리 똑똑한 사람도 사기꾼에게 걸리면 빠져나가지 못한다고 하지 않나. 다단계 사기 피해자들 중에는 의사도 있고, 변호사도 있고, 교수도 있다고 하지 않나. 엄마는 사랑에 빠진 게 아니라 사기를 당한 것이다. 이제 전부 이해가 됐다. 그렇다면 내가 할 수 있는 일은 단 하나다.

엄마를 사기꾼에게서 구해 내는 것!

그러자 도깨비방망이를 얻은 것처럼 힘이 솟았다. 엄마가 재혼한 후 처음으로 엄마가 밉지 않았다.

방을 나가자 역시나 커피 냄새가 나를 향해 돌격했다. 그러나 인상이 찌푸려지지 않았다. 브랜든이 예의 진지한 표정으로 정성 들여 커피를 내리고 있다가 내 웃는 표정을 보고는 퍼뜩 놀랐다.

놀란 건 엄마도 마찬가지였다. 커피잔을 든 채 내 눈치를 보다가 내가 웃으니 고개를 갸우뚱했다. 그러더니 활짝 웃으며 "커피 마실래?" 했다. 나는 고개를 저었다.

'브랜든! 당신이 언제까지나 그 자리에서 커피를 내릴 수 있을까?'

나는 그렇게 생각하며 숨을 참았다. 곧 이 냄새도 사라질 거라고 생각하니 견딜 수 있었다.

집을 나서는데 엄마가 용돈을 교복 주머니에 찔러 넣어 줬다. 그러고는 내 어깨를 툭 치며 싱긋 웃었다. 뭔가를 오해하는 게 확실했지만, 나는 그냥 순순히 고개를 끄덕였다. 이제 곧 엄마도 진실을 마주하게 될 것이다. 서두를 필요는 전혀 없다.

승자는 내가 될 것이다.

9

변 쌤이 나가자마자 재범이가 일어섰다.

아직도 나한테 화가 안 풀린 거다. 그렇다고 재범이에게 먼저 숙이고 들어갈 수는 없었다. 자존심 때문이 아니다. 만약 내가 대충넘어간다면 재범이는 앞으로도 여자에게 그렇게 해도 된다고 생각할 수도 있다. 나도 여자에게 어떻게 행동해야 하는지는 잘 모르지만, 딱 하나는 안다. 싫다면 싫은 거다.

"엄마가 이따 저녁에 집에 오래."

재범이가 나를 쳐다보지도 않고 말했다.

"집 초대를 뭐 화를 내면서 하냐?"

"내가 언제 화냈냐? 그리고 내가 초대하는 게 아니라 엄마가 초대하는 거야. 잘 구별해라."

"폴스 가져갈까?"

내 말에 그제야 재범이가 나를 쳐다봤다.

"네 마음대로 해. 네 거니까."

"그래, 그럼 내 마음대로 안 가져갈게."

재범이가 휴, 하고 낮게 한숨을 내쉬더니 말했다.

"그러기만 해 봐라."

내가 살짝 웃자 재범이도 덩달아 피식 웃었다.

"내가 불쌍해 보이냐?"

"왜?"

"아니, 아줌마가 날 초대한 이유가 뭐겠어."

"와, 사람 성의를 엄청 무시하네."

"그게 아니라…… 아니다. 아무튼, 조금만 있으면 진실을 알게 될 거야."

"무슨 진실?"

"우리 엄마 재혼에는 보이지 않는 진실이 숨어 있어. 그 진실을 모두 곧 알게 될 거야. 그럼 그때는 다들 날 동정하는 대신에 와! 하고 감탄하게 되겠지."

미친놈, 지랄하네, 라고 말하면서 재범이가 자리를 떴다. 지금은 미친놈처럼 보일 수도 있다. 하지만 진실을 전부 알게 되고도 그럴까? 그때까지 이 모든 수모는 참는 걸로! 그때 카톡이 왔다.

[뭐 해?]

오로라였다.

[학교. 왜?]

[그냥. 심심해서. 몇 가지 중요한 사실도 알게 됐고.]

[무슨 사실? 재범이 얘기야?]

[누가 걔 물었냐? 너 말이야!]

[뭐래.]

카톡을 끄려는데 연달아 메시지가 왔다. 얘는 바쁘지도 않나. 혹시 얘가 나를 좋아하면 어쩌지? 오로라는 전혀 내 취향이 아니다. 뭐, 예쁘긴 하지만 희한하게 떨리지 않는다. 그리고 무엇보다 재범이가 좋아하는 여자애다. 오로라가 날 좋아한다는 사실을 알게 되면 난리가 날 거다. 사랑보단 우정. 일단은 그렇다. 만약에 내 이상형이 눈앞에 나타났는데 재범이와 동시에 그 사람을 좋아하게 된다면? 그땐 모르겠다. 아니다, 그래도 우정이다. 왜냐? 그 여자는 분명 나를 안 좋아할 테니까. 우정을 선택해서 체면이라도 지키는 게 낫다. 사람은 합리적으로 살아야 한다.

10

"아줌마가 우리 엄마였으면 좋겠어요!"

나는 식탁에 차려진 음식을 보며 감탄했다. 아줌마는 피식 웃더니 그럼 여기서 살아, 했다. 서로 농담이었지만 끝 웃음은 허탈

했다.

아줌마는 불고기, 잡채, 미역국, 김밥 등을 준비해 줬다. 재범이는 "아니, 아들보다 더 챙기네" 하며 툴툴거렸지만 기분은 좋아 보였다. 재범이가 나를 얼마나 걱정하고 있었는지 새삼 깨달았다.

짜식.

재범이 어깨에 손을 올리려는 찰나, 재범이가 몸을 쭉 뺐다.

하여간 빠르다.

"산아, 많이 먹고 갈 때 좀 싸 가."

아무 생각 없이 알겠다고 대답하고 밥을 먹기 시작했다. 재범이네 아줌마는 밥 먹는 내내 아무것도 묻지 않았다. 나는 불고기를 국수 먹듯 후루룩 먹었다. 오랜만에 밥을 먹는다는 느낌이 들었다. 식사 도중 아저씨가 들어오셔서 인사하는 내 등을 톡톡 두드려 주셨다. 재범이는 자기 아빠가 어색한지 얼굴도 들지 않은 채 다녀오셨어요, 하고 인사했다.

아저씨는 저녁을 먹고 왔다고 했다. 아줌마는 그럼 씻어요, 하고는 별다른 신경을 쓰지 않았다.

일 년 반 전만 해도 나도 이런 가정에 살았다.

서로가 서로를 의식하지 않고, 서로가 서로를 매일 보는 가구처럼 대하는 가족. 재범이는 내일도 아빠를 볼 수 있다고 생각하기 때문에 본 척 만 척하는 것일 테다. 아줌마도 마찬가지다. 20년 가까이 산 남편에게 쪼르르 달려가 살가운 척하는 것도 낯간지러울 것이다. 우린 이 모든 걸 '사는 게 바빠서'라는 말로 정당화한다. 하지만 그저 우선순위에서 밀린 건 아닐까. 이 평화가 영원할 줄 알고.

실은 내일 교통사고가 나서 죽을 수도 있는 게 삶인데.

"야!"

재범이가 내 팔을 툭 쳤다.

"너 우냐?"

당황스럽다는 말투였다. 난 울지 않았다. 사내새끼가 이런 일에 운다는 건 말이 안 된다. 남자는 울면 안 된다고 어릴 때부터 교육받아 왔다. 그런데 정말 그럴까?

아빠가 죽은 후 나는 세상 모든 일에 의문이 들었다. 아무리 남자는 감정 표현을 많이 하는 게 아니라지만, 좀 더 내 마음을 표현해야 했다. 아빠에게 자주 사랑한다고 말하고 종종 안아 드렸어야 했다. 아빠가 커피를 마시러 가자고 하면 남자끼리 무슨 커피예요, 라고 하는 대신 내가 말하려고 했는데, 라고 했어야 했다.

만약 그랬다면 아빠의 죽음을, 그러니까 죽었다, 라고밖에 표현할 수 없는 아빠의 사라짐을 지금보다 좀 더 잘 견딜 수 있었을까. 나는 아빠가 사라지기 전부터 아빠를 내 인생에서 지웠던 게 아닐까. 이렇게 돌이켜 보니 모든 게 잘못된 것 같았다.

"야, 여기, 여기. 너 내가 불고기 많이 먹는다고 그러냐?"

재범이가 갑자기 불고기를 프라이팬 채 가져 와서 그릇에 덜어 줬다. 나는 아마도 붉어졌을 눈으로 산더미처럼 쌓인 불고기를 쳐다봤다. 아줌마가 앞치마로 눈물을 훔쳤다. 나는 아줌마를 바라보았다.

아빠가 보고 싶어요. 모든 게 다 제 잘못 같아요. 아빠에게 조금 더 다정하게 대했다면 아빠가 세상에서 사라지지 않았을 것 같아요. 엄마도요. 엄마도 브랜든 같은 놈에게 사기 같은 건 당하지 않았을 거예요. 그러니까 다, 다, 다 제 잘못이에요.

입이 아닌 마음으로 말했다. 도저히 입 밖으로 낼 수는 없었다. 알몸으로 서 있는 것보다 더 수치스럽게 느껴졌으니까.

"야, 먹지 마!"

불고기를 집으려는 재범이의 젓가락을 내 젓가락으로 막았다. 그러자 재범이가 내 의도를 눈치채고 "야, 치사하다, 치사해"라고 말했다. 아줌마도 "너 먹으라고 했어? 산이 먹으라고 했지!" 했다.

한 편의 완벽한 연극 같았다.

표면에 드러난 모든 말과 행동은 거짓이었지만, 그 밑에 흐르는 마음만은 진실이었다. 마치 거짓말로 진실을 드러내는 소설 같은 상황이라고, 나는 생각했다.

재범이가 게임이나 한 판 하자고 했지만 괜찮다고 했다. 재범이는 나쁜 놈이라고 욕했지만—내가 같이 하면 허락해 주고 아니면 못 하게 하기 때문에—나는 내가 알아낸 진실을 드러낼 방법을 찾아야 해서 바빴다.

이 상황을 바로잡을 사람은 나밖에 없다. 별이는 아직 너무 어리고, 엄마는 사기 피해자니까. 내가 인사하고 재범이네 집에서 나가려고 하자 아줌마가 급하게 "잠깐만!"을 외치고는 내게 종이 가방을 내밀었다.

"이거 엄마 갖다 줘."

아줌마가 안에 담긴 통을 가리키면서 말했다.

"하나는 미역국, 하나는 불고기."

순순히 고개를 끄덕이며 감사합니다, 라고 했지만 아줌마가 왜 이 음식을 싸 주는지까지는 생각하지 못했다. 집에 도착해 엄마에게 종이 가방을 건네며 아줌마가 주래, 하자 엄마가 "생일이라고 또 챙기기는" 하고 말하기 전까지는.

그러니까 오늘이 엄마의 생일이었던 것이다.

내가 놀라는 표정을 미처 숨기지 못하자 엄마는 마치 아무 일 아니라는 듯이 "나이 먹는 게 뭐 자랑이라고" 했다. 식탁에는 먹다 남은 케이크가 놓여 있었다. 브랜든이 사다 준 것이겠지. 나는 표정을 바로잡으며 "누가 뭐래" 했다.

방에 들어가자마자 긴장이 다 풀려 온몸에서 힘이 빠져나갔다.

그때 안방 문이 열리고 브랜든이 나오는 소리가 들렸다. 아빠가 나와야 할 방에서 브랜든이 나왔고, 이내 소파에 앉는 소리, TV를 켜는 소리가 들렸다. 어쩜 저렇게 뻔뻔하게 행동할 수 있을까. 엄마와 아빠, 그리고 내가 카페에 갈 때부터 아빠가 죽길 바라고 있지 않았을까. 아빠가 죽으면 바로 그 자리를 차지할 생각은 아니었을까. 아마 그랬을 것이다. 의식적으로 그러지 않았더라도 무의식적으로라도 그렇게 생각했을 것이다.

그의 실체를 내가 곧 까발려 줄 테다.

실체랄 게 없으면, 하고 내면의 목소리가 아주 작게 속삭였지만 나는 귀를 틀어막고 있을 거라며 속으로 윽박질렀다.

침대에 눕자 발바닥에 열이 돌았다.

11

오늘도 아르바이트 내내 창가에 앉아 있었다.

재범이는 눈치껏 브랜든이 커피를 다 내리면 손님에게 가져다주고 바닥이 지저분하면 쓸기도 했지만, 나는 가만히 앉아 창밖만 바라봤다. 시선이 자꾸 브랜든 쪽으로 갔지만, 그럴 때마다 의식을 단단히 붙잡았다.

나는 브랜든에게 절대 관심이 없다.

"웬일이야?"

오로라였다. 재범이의 말에 오로라가 "여기가 핸드드립 맛집이라고 해서"라고 대답했다. 혹시 나를 보러 온 걸까? 설마, 그건 아닐 거다. 난 누구처럼 도낏병도 아니고 내 주제를 정말 잘 파악하고 있다. 누가 나를 좋아한다? 그렇다면 분명 다단계나 사이비다.

아니면 오로라는 재범이 말대로 재범이를 좋아하면서 아닌 척하는 걸까? 여기까지 찾아온 게 재범이를 자신에게서 멀어지게 해달라는 사람의 행동으로는 보이지 않는다.

"케냐 AA."

오로라가 카드를 내밀었다. 재범이가 실실 웃으면서 나를 향해 윙크했다.

케냐 AA 원두 옆에는 '묵직한 보디감과 강렬한 향이 밸런스를 이룬 아프리카 최고의 원두'라는 설명이 적혀 있었다. 딱 내가 싫어할 만한 스타일이었다.

"야, 너도 일 좀 해라."

재범이가 브랜든에게 커피를 주문하고선 나를 향해 말했다. 오로라가 온 게 좋아서 어쩔 줄 모르는 모습이다.

"어서 오세요."

그 사이에 손님이 한 명 더 들어왔다. 여기는 보통 혼자 오는 손님이 많다.

"야, 있잖아."

"너도 여지 주지 마."

오로라가 내 팔을 잡았다.

"내가 뭐?"

"나라도 내가 좋아하는 애가 알바 하는 곳에 놀러 오면 '혹시?'

할 거야. 그러니까 너도 여지 주지 말라고."

"너 보러 온 거야."

"아니, 왜에!"

나도 모르게 큰 소리가 나갔다. 재범이가 주문을 받다가 나를 돌아봤다. 어쩔 수 없이 재범이를 향해 "아니, 그게…… 얘가 나보고 냄새난다잖아" 했다.

왜 이런 말이 튀어나왔을까. 재범이에게 오로라가 나를 보러 왔다고 했다고 할 수는 없었으니까. 그런데 보통 우정을 끝장내는 건 이런 사소한 거짓말이다. 언젠가는 재범이에게 다 말해야겠다.

"기다릴게. 이따가 끝나고 쟤 없이 둘이 보자."

오로라가 말했다.

"브랜든 일이야. 너, 여기서 그냥 일하는 거 아니라며?"

오로라가 씨익 웃었다. 오로라는 주체가 안 될 정도로 오지랖이 넓은 이상한 애다. 그게 내가 내린 결론이다.

8시가 되고 카페 뒷정리를 마치자 역시나 재범이는 일이 있다면서 먼저 가 버렸다. 브랜든과 친해지라고 하는 행동이라 평소 같으면 짜증이 날 법도 했지만, 오늘은 다행이란 생각만 들었다.

재범이의 뒷모습이 시야에서 완전히 사라지고 나서 나는 브랜든에게 말했다.

"저도 오늘 약속이 있어요."

"같이 가기 싫어서 그래?"

브랜든이 물었다.

"그래도 같이 가자. 맛있는 거 사 줄게."

"제가 별이인 줄 아세요?"

내가 피식 웃으면서 말했다. 도대체 사람을 어떻게 보는 건지. 고등학교 2학년, 18살 남자애한테 맛있는 거 사 준다는 말이 통한다고 생각하는 것인가. 물론 새아빠와 아들 사이가 아니라면 통하긴 할 거다. 치킨? 햄버거? 족발? 떡볶이는 사절이다. 고추장 탄 국물은 딱 질색이니까.

"내가 솔직히 자식을 안 키워 봐서 네가 뭘 좋아하는지……."

브랜든이 여기까지 말했을 때 오로라가 나타났다. 브랜든이 오로라와 나를 번갈아 보더니 고개를 끄덕였다. 기뻐 보였다면 오버일까. 약간 상기돼 보였다.

"진짜네."

"저 거짓말 잘 안 해요."

누구처럼. 물론 이 말은 덧붙이지 않았다.

"다음 주엔 같이 맛있는 거 먹자."

나는 고개를 끄덕이지도 젓지도 않았다. 대신 마음속으로 '다음 주에도 우리가 이렇게 함께 있을 수 있다고 생각하세요?'라고 생각할 뿐이었다.

브랜든의 모습이 시야에서 사라지자 오로라가 고개를 갸우뚱했다.

"왜 보자고 한 거야?"

"엄청 급하네. 팥빙수 쏴. 그럼 말해 줄게."

오로라가 먼저 성큼성큼 걸어갔다. 누가 보면 내가 시간 내달라고 한 줄 알겠네. 나도 건물의 비밀을 파헤쳐야 해서 바쁜 몸인데 말이다. 나는 오로라를 따라가기 전에 뒤를 돌아 건물을 훑었다. 자주 보던 건물이지만 건물의 내막을 알고 보니 새삼 다르게 보였다. 담쟁이넝쿨로 뒤덮인 런던 커피는 마치 영국 추리소설에 나오는 대저택 같았다. 대저택에서는 늘 살인이 일어나고, 저택 안에 사는 모두가 용의자다. 물론 이 건물에서 살인은 일어나지 않았지만, 탐욕과 치정은 있다.

"야, 안 오냐?"

오로라가 소리를 질렀다. 우린 이제 기껏해야 두 번 만났을 뿐이고, 심지어 재범이 때문에 억지로 봤을 뿐인데. 내가 만만한 게 분명했다.

12

"그러니까 브랜든이 10년이나 사귀었던 여자친구가 있는데, 그 여자랑 헤어지고 반년도 안 돼서 우리 엄마랑 만났다는 거야?"

오로라가 망고를 입에 잔뜩 문 채로 고개를 끄덕였다. 돈은 내가 냈다. 자기가 정보를 주는 입장이니까 내가 내는 게 당연하다고 했다. 망고 빙수 값에 달하지 않는 정보라면 가만 안 두겠다고 생각했는데, 그야말로 대박이었다.

오로라의 말이 사실이라면 브랜든이 우리 엄마에게 접근한 건 역시 아빠 보험금 때문이 맞다. 런던 커피를 계속 운영하고 싶은 마음에 엄마에게 사기를 친 거다. 내가 생각한 대로다. 내 추측이 맞아서 신이 난다는 게 약간 서글펐지만, 그래도 엄마가 재혼을 선언한 이후 가장 기쁜 순간이었다.

"20년 정도 함께 살았던 남편이 갑자기 세상을 떠나면 어떤 기분일 것 같아?"

"상실감을 느끼겠지."

"그럴 때 커피 잘 내리고 다정한 남자가 위로해 주면?"

"넘어가지. 근데 난 외모도 중요해. 브랜든?"

오로라가 진저리를 쳤다. 브랜든은 내가 보기에도 잘생기진 않았다. 머리도 너무 덥수룩하고 볼품없이 말랐다. 여자 꼬시는 제비와는 거리가 멀어도 영 많이 멀다. 근데 사기꾼이 뭐, 이마에 사기꾼이라고 써 붙이고 다니나? 예전에 TV에 나온 어떤 형사가 그랬다. 사기꾼들, 잡아 놓고 보면 그냥 평범한 이웃들이라고.

"엄마는 피해자야."

오로라가 고개를 갸우뚱했다. 나는 내가 찾아낸 정보를 이야기해 줬다. 그에 대한 내 생각도.

"동의 안 해?"

"못 해."

"왜?"

오로라가 남은 망고 빙수를 모조리 입에 털어 넣었다. 남이 잘 먹는 걸 보면 먹고 싶어져야 하는데, 오로라가 먹는 걸 보니 오히려 입맛이 달아났다. 다이어트하고 싶은 사람이 있다면 오로라랑 뭘 먹기를 권해 주고 싶을 정도다.

"맘카페에서는 오랫동안 사귄 여자친구 버리고 돈 많은 여자랑 결혼했다고 욕하더라. 전 여자친구는 작은 액세서리 가게를 한다나 봐. 별로 돈은 안 되는. 근데 돈 많은 여자가 좋을 수도 있지, 안 그래? 넌 돈 많은 여자 싫어?"

"싫진 않지."

이, 이게 아닌데.

"그리고 브랜든이 버린 건지, 차인 건지 누가 알아? 합의하에 헤어진 걸 수도 있고. 아무튼 헤어지고 나서 브랜든도 상실감을 느꼈을 거 아니야? 그때 마침 너희 엄마도 남편 잃고 슬퍼하고. 서로 위로하다가 눈 맞은 거 아니야?"

"넌 잘 알지도 못하면서 뭔데 그렇게 술술 말하냐?"

"아니, 그게……."

"눈이 맞긴 뭘 맞아? 네가 봤어?"

"야, 너 왜 갑자기 화를 내?"

나도 안다. 내가 뜬금없이 화를 내고 있다는 것. 오로라가 그런 의미로 한 말이 아니라는 것. 그리고 정말로 그런 의미로 말했다고 해도 이렇게 화를 낼 일은 아니라는 것도. 그런데도 불쑥 화가 났고, 표출하고 싶었다.

"너! 내가 만만하냐?"

"조금?"

"미쳤네. 역시 끼리끼리는 과학이네."

오로라가 피식 웃었다. 나도 피식 웃었다. 갑자기 브랜든의 헤어진 여자친구를 만나야겠다는 생각이 들었다. 브랜든이 갑자기 헤어지자고 하진 않았는지, 혹시 헤어지자마자 다른 여자를 만나는 건 알고 있는지, 그 여자가 브랜든에게 건물을 사 준 건 알고 있는지 확인해 볼 것이다. 아, 이것도 물어봐야겠다. 브랜든이 평소에 돈을 얼마나 밝혔는지!

앞에서는 커피에 인생을 바친 장인처럼 굴면서 뒤에서는 매일 어떻게 하면 한 방에 건물주가 될지 궁리만 한 사람은 아니었는지, 남의 슬픔을 이용해서 자신의 잇속만 챙기는 사람은 아니었는지도 알아봐야겠다. 그런데 혹시 그런 사람이 아니면 어쩌지? 엄마가 사기를 당한 게 아닐까 봐 불안했다.

"그럼 넌 이게 왜 대박 정보라는 거야? 너도 께름칙하니까 그런 거잖아."

오로라에게 브랜든의 전 여자친구를 만나고 싶다고 말했다. 오로라라면 그 여자가 한다는 액세서리 가게를 알아낼 수 있을 것 같았다. 솔직히 나도 마음만 먹는다면 알아낼 수 있을 것 같다.

사람들 대부분은 SNS를 하거나 온라인 아이디 하나 정도는 가지고 있다. 그 아이디만 찾으면 게임 끝이다. 나름 정보를 숨긴다고 해도 사진 귀퉁이에, 글 한마디에 정보는 솔솔 빠져나간다.

SNS는 인생의 낭비라고 퍼거슨이 그랬다.

"물어볼 거야."

"그러니까 뭘 물어볼 거냐고."

"왜 헤어졌냐고."

"솔직하게 말하겠냐?"

"억울하면. 사람이 가장 견디기 힘든 감정이 억울함이래. 나도 그렇고."

"넌 뭐가 그렇게 억울한데? 아빠가 돌아가신 거? 엄마가 재혼한 거?"

"엄마가 일 년 만에 재혼한 거."

"시간이 그렇게 중요해? 그럼 2년 만에 재혼했으면 안 억울해?"

만약 그랬다면 화는 났겠지만 이 정도는 아니었을 거다. 솔직히 남편 죽고 일 년 만에 재혼하는 사람이 세상에 또 있을까? 남편이 죽기만을 바라고 바란 사람이 아니라면. 혹시 두 분 사이가 안 좋았던 걸까?

"대신 조건이 있어."

"뭐? 무슨 조건?"

"나랑 같이 가."

"너랑? 왜? 너, 나 좋아하냐?"

오로라가 눈을 동그랗게 떴다.

"거울 안 보냐?"

"그럼 뭔데?"

"나라면 아무리 어린 남자애라도, 혼자 찾아오면 좀 무서울 것 같아. 전남친과 결혼한 여자의 아들, 아, 왜케 길어. 아무튼, 아들이라고 해도. 그리고 그걸 어떻게 증명해? 뭐, 결혼식 사진이라도 보여 줄 거야?"

오로라의 말은 타당했다.

"근데 넌 왜 불쑥불쑥 찾아와?"

오로라는 자기가 대답하고 싶을 때만 대답한다. 재범이는 저런 애가 뭐가 좋다는 걸까.

"정말 어른들은 왜 그러냐. 자기 정보를 막 줄줄 흘리고 다녀. 금방 찾음."

"그게 나이 문제냐?"

"하긴, 네 정보도 줄줄줄이던데."

"뭐래. 나 거의 안 하는데, SNS."

"네가 안 하면 뭐 하나? 김재범이 하는데."

하여간, 재범이는 내 인생에 도움이 안 된다.

"여기 오는 길에 봤는데⋯⋯. 와, 가까이 사네. 하긴 10년이나 연애했으면 근처에 가게 얻었겠지. 헤어졌다고 바로 가게를 옮길 수도 없고. 야, 그런데 아아 한 잔 사서 가면 안 돼? 가는 길에 더울 것 같아."

망고 빙수 13,800원에 아이스아메리카노 값 3,800원까지 내고 나니 3일치 용돈이 사라져 버렸다. 투자라고 생각하려고 했지만, 아까운 건 어쩔 수 없었다.

"넌 안 마셔?"

"난 세상에서 커피 냄새가 제일 싫어."

"그럼 왜 거기서 일해?"

"네가 맘카페에서 본 거 맞아. 카페 문 부수다가 경찰에 연행됐거든. 그 벌."

오로라가 입을 벌리고 박수를 쳤다.

"역시. 난 너 딱 보고 알았어. 얘도 보통 또라이는 아니겠구나."

"그런데 왜 연락해?"

"또라이는 두 종류야. 남한테 피해 주는 또라이, 혼자 머리 뜯는 또라이. 너는 후자, 김재범은 전자."

오로라와 함께 브랜든과 만났던 여자의 가게 앞으로 갔다. 안으로 들어갈까 말까 고민하다가 그냥 앞에서 기다리기로 했다. 대화를 나누다가 손님이 오면 어색할 것 같아서. 무엇보다 일하는 걸

방해하고 싶지 않았다.

가게가 언제 끝날지 몰라 가게가 있는 골목 끝에서 기다렸다. 가로등이 켜지고 얼마 지나지 않아 가게 불이 꺼지고 여자가 나왔다. 여자를 보는데 이상하게 마음이 아렸다. 왜지? 뭐 때문에? 마음은 이상하다. 생각과 항상 함께하는 게 아니다. 갑자기 멋대로 이상한 반응을 보인다. 왜 그래? 하고 물으면 자기도 모른다고 한다. 만약 아빠가 돌아가시지 않았다면 저 여자와 브랜든은 아직도 사귀고 있었을까? 그랬다면 저 여자도 피해자다. 우리 엄마처럼.

여자는 우리를 불량 청소년이라고 생각했는지 그냥 지나치려고 했다. 그때 오로라가 용수철처럼 튀어나가 여자 앞에 섰다.

"저, 안녕하세요."

저, 라고 할 때는 목소리가 작았지만 안녕하세요, 로 넘어가면서 목소리에 힘이 실렸다. 떨지 말자, 라고 다짐하는 듯했다.

"저, 저요?"

여자가 반사적으로 몸을 뒤로 쑥 뺐다.

오로라가 고개를 끄덕였다.

"무슨 일이시죠?"

경계하는 눈빛, 그리고 실제로 경계하고 있다는 걸 분명히 보여주는 질문이었다. 여자는 뒤에 서 있는 나를 슬쩍 바라봤다. 나는 고개를 꾸벅 숙였다.

"브랜든 아시죠? 브랜든 관련 일로 여쭤볼 게 있어서요."

여자는 입을 벌린 채로 가만히 있다가 "누구세요?"라고 물었다. 그 말에 오로라가 뒤를 돌아봤다. 이 질문엔 내가 대답해야 했다. 나는 조심스럽게 앞으로 걸어나가 다시 한번 여자에게 고개를 숙였다.

"저는, 사실은……"이라고 말한 후에 크게 심호흡을 하고는 아주 빠르게, 큰 목소리로 말했다.

"브랜든이 결혼한 사람의 아들이에요."

그래, 당당했어!

여자는 이 모든 상황이 혼란스러운 듯 보였으나 경계심은 조금 사라진 듯했다.

"브랜든과 헤어진 지 오래예요."

여자는 호기심 어린 눈빛으로 우릴 바라봤다.

"알고 있습니다. 그래도 몇 가지 여쭤볼 게 있어서요. 시간 조금만 내주실 수 있으세요?"

"뭔지 모르겠지만, 재밌네요."

여자는 눈썹에 힘을 주어 이마에 주름을 만들었다. 지쳐 보였다. 한편으로는 정말로 이 상황을 재밌게 받아들이는 것 같기도 했다. 여자가 빙그레 웃었다.

만만치 않은 상대라는 게 느껴졌다.

오로라만큼은 아니지만.

13

가게 근처 카페로 걸음을 옮겼다. 여자는 따뜻한 아메리카노를, 오로라는 아이스카페라테를, 나는 아이스초코를 시켰다. 각자의 앞에 음료가 놓였다. 여자의 앞에 놓인 커피 잔 때문에 속이 울렁거렸다. 커피 냄새는 나를 자꾸 코너로 몰아넣는다.

나는 코에 힘을 주었다. 그리고 숨을 쉬지 않은 채 아이스초코를 쪽쪽 빨아먹었다. 한 번에 반이나 먹고 나서야 내려놓았다.

"목말랐나 봐요."

여자가 다정하게 물었다. 이렇게 좋은 사람을……. 나는 고개를 끄덕였다.

"이제 말해 보세요."

여자가 팔짱을 낀 채 의자에 등을 기댔다.

"무례한 질문이라는 거 알지만…… 혹시 브랜든과 왜 헤어졌는지 알 수 있을까요?"

"무례한 질문 맞네요."

여자가 웃었다.

"아니, 그것보다 제가 브랜든과 사귀었다는 건 어떻게 알았어요?"

"페이스북이요."

오로라가 답했다.

"아, 그걸 정리 안 했구나. 아니, 10년의 세월을 언제 다 정리하냐고. 그게 참 애매해요. 그 사진들이나 기록들이 연애에만 국한된 게 아니라서. 생각해 봐요. 같이 유럽 박물관 여행을 다녀왔는데 헤어졌다고 그걸 다 삭제하면 내 추억은? 내 여행은? 물론 브랜든이 결혼까지 했으니 지우는 게 예의인데……. 후유, 복잡하네."

여자가 눈을 몇 번 끔뻑였다.

"아까도 말씀드렸지만 브랜든이 결혼한 사람이 저희 엄마예요."

"사진 지워달라고 온 거예요?"

풋. 오로라가 먹던 커피를 뿜었다. 사실 나도 너무 황당해서 웃음이 나왔다. 여자가 오로라에게 휴지를 내밀면서 "아니죠? 아니겠지. 그럼 왜?" 하고 물었다.

"전 브랜든과 저희 엄마가 결혼한 게 이해가 안 가요. 왜냐하면 아빠가 돌아가신 지 이제 막 일 년밖에 안 됐거든요. 아빠가 갑자기 돌아가신 것도 이해가 안 되는데, 아빠가 돌아가신 지 일 년 만에 엄마가 재혼한 것도 이해가 안 되고, 또 무엇보다 엄마가 브랜든 같은 남자랑 재혼한 게 이해가 안 가요. 정말 모든 게, 모든 게 이해가 안 되고 말이 안 돼요."

내 말이 갑자기 빨라지는 게 느껴졌다.

여자는 고개를 살짝 끄덕였다.

"이해가 가세요?"

여자에게 질문을 해 놓고도 내가 왜 이런 바보 같은 질문을 했을까 싶었다. 과연 나 말고 누가 이런 내 마음을 이해할 수 있을까.

여자가 고개를 끄덕이며 말했다.

"100퍼센트 이해한다고는 할 수 없지만, 어느 정도는 이해해요."

"진짜 이해하세요?"

나는 바보처럼 또 되물었다.

"남의 슬픔을 이해한다고 하는 게 어떤 면에서는 기만일 수도 있죠. 그런데 상상해 보는 거예요. 아빠가 예고 없이 갑자기 돌아가셨을 때의 마음은 어땠을까, 아빠가 돌아가시자마자 엄마가 일 년 만에 재혼한다고 했을 때의 심정은 어땠을까, 하고요."

"아니, 전 그게 아니에요. 전 정말 아무렇지 않아요. 전 그걸 말하는 게 아니에요. 제가 말하는 건 그러니까, 브랜든이, 브랜든이란 사람이 사기꾼이 아닐까 하는 거예요."

그때, 다시금 커피 냄새가 나를 향해 돌진했다. 순간 욱, 하고 오바이트를 할 뻔했다. 나는 손으로 입을 막고 코에 힘을 주었다. 잠시 그렇게 있자 조금 나아지는 것 같았다. 그때 오로라가 내 등에 손을 올렸다.

"괜찮아."

나는 정말 괜찮았으므로, 괜찮다고 했다.

"왜 그래요?"

여자가 물었다.

"제가 커피 냄새를 싫어해요."

여자가 미간을 찌푸리더니 "다른 거 시킬걸. 미안해요"라고 사과했다. 다정한 사람이다. 마치 재범이네 아줌마 같은 여자를 미워하긴 힘들 것 같았다.

"아니, 아니에요. 제 잘못이죠."

"뭔가를 싫어하는 건 잘못이 아니에요."

나는 빙긋 웃었다.

"그래서, 제가 뵙자고 한 건 브랜든하고 왜 헤어지셨는지가 궁금해서입니다."

"그걸 왜 궁금해해요?"

"사실은, 전 의심하고 있거든요."

이걸 다 말해도 될까 싶었지만, 여자가 무척 다정했으므로 말해도 될 것 같았다.

"남편 죽은 지 일 년 만에 재혼했다고 하면 부부 사이가 엄청 안 좋았을 것 같잖아요."

"그건 아닌 것 같지만, 그래서요?"

"저희 엄마 아빠는 아니었거든요. 막 깨가 쏟아진다고는 할 수 없었지만, 그래도 사이가 좋았거든요. 보통 부부 같았어요. 아빠 돌아가시고 일 년 만에 재혼할 만큼 나쁘지 않았거든요."

"재혼을 10년 만에 하면 사이가 좋았던 거고, 일 년 만에 하면 사이가 나빴던 건가요?"

"그건 아니지만, 아니, 그럴 수도 있죠. 전 아직도 아빠가 그리운데, 아빠가 보고 싶은데 엄마는 그게 아니라는 거잖아요."

"그리워할 수도 있죠. 아니, 그리워할 거예요. 그립고 많이 보고 싶을 거예요."

"근데 왜 재혼을 해요?"

오로라와 여자가 똑같은 눈빛으로 나를 쳐다봤다.

"제가 남자라서 엄마를 이해하지 못하는 걸까요? 전 정말 엄마를 이해하고 싶거든요. 엄마를 이해하고 싶어서 제가 엄마라고 상상도 해 봤는데, 그래도 이해가 안 갔어요."

그게, 라고 말하고 여자가 한숨을 내쉬었다.

"커피 냄새가 싫은 게 나쁜 게 아니듯이, 아버지를 잃고 슬픈 것도 나쁜 게 아니에요. 슬퍼해도 돼요."

"아니, 전 이제는 많이 괜찮아졌어요."

"너 방금 아직도 아빠가 그립다고 했잖아?"

오로라가 나를 툭 쳤다. 그제야 정신이 돌아왔다. 나는 상담받으려고 여자를 만나러 온 게 아니다. 진실을 묻기 위해 온 거지.

"아니, 그래서 브랜든과 왜 헤어졌어요? 브랜든이 막 갑자기 헤어지자고 한 거 맞죠?"

"왜 그렇게 생각하는데요?"

"왜 헤어졌는지부터 말해 주세요."

"남녀가 헤어지는 데 무슨 이유가 있겠어요."

"그러니까 무슨 이유가 있는데요?"

"연애 안 해 봤어요?"

여자는 그저 질문을 했을 뿐인데 나는 공격을 받은 것 같았다. 마치 연애도 못 해 본 지질이가 된 느낌. 내가 대답하지 않자 옆에서 오로라가 "딱 봐도 범생이 느낌이긴 하죠, 얘가"라고 했다.

"넌? 넌 해 봤냐?"

"그걸 질문이라고 하냐?"

오로라가 기세등등하게 말했다. 연애해 본 게 무슨 큰 권력이라도 되는 양.

여자가 갑자기 박수를 치면서 아주 작은 목소리로 귀여워, 라고 했다. 내 나이 열여덟. 그동안의 사례에 비춰 보면 '귀엽다'는 말은 '유치하다'와 동급일 때가 많았다. 나는 부러 목소리를 조금 굵게 냈다.

"그게 뭐 어때서요?"

"아니, 아니야. 누가 뭐래. 앞으로 살면서 많이 하게 될 거야. 그럼 그때 나한테 이 질문을 했던 때를 떠올리면 숨고 싶을 거라는 것만 말해 줄게요."

여자가 이렇게 말하고 웃었다.

"처음엔 고등학생으로 보이는 애들이 다짜고짜 찾아와서 할 말 있다고 해서 얼마나 놀랐는데. 요즘 고등학생들은 나 때랑 다르잖아. 그래서 무서울 줄 알았어요."

"아, 저 그거 봤어요. 소크라테스가 살았던 시절에도 바위에 그런 말이 써 있었대요."

오로라가 말했다.

"요즘 젊은 애들은 싸가지가 없어."

웃을 수밖에 없었다. 크큭 웃다가 입술을 깨물었다.

새아빠의 전 여자친구와 이렇게 웃고 떠들어도 되는 걸까, 라는 생각이 잠시 스쳐 지나갔다. 내 인생이 도대체 어떻게 흘러가고 있는 건지 모르겠다.

"그래서 왜 헤어졌는데요?"

"아까 말했잖아. 남녀가 왜 헤어지겠어? 사랑이 식었으니까 헤어지지."

"그게 아니라 브랜든이 갑자기 찬 거 아니에요?"

"그렇게 의심하는 이유가 뭔데?"

나는 숨을 한 번 고르고 말했다.

"아빠가 돌아가시고 난 후에 엄마가 사망보험금으로 큰돈을 수령했어요. 얼마인지는 정확히 모르지만, 억대인 것은 분명해요."

나는 다짐하듯 고개를 끄덕였다.

"근데 그 소문이 이 동네에 다 났대요. 가게 하시는 분들, 동네에 오래 사신 분들은 다 알 정도로요."

"그래? 난 처음 들었는데."

여자가 고개를 저었지만 무시하고 말했다.

"그래서 그 돈을 노리는 사람들이 많았다고 하더라고요. 때마침

돈이 궁했던 브랜든이 그 소식을 듣고 엄마를 타깃으로 잡은 거예요."

여자가 푸핫, 하고 어이없다는 듯이 웃었다.

"그래서?"

"불쌍한 우리 엄마가 당한 거죠. 왜, 그거 아시죠? 대학교수나 의사, 변호사도 사기당하는 거? 사기꾼들이 사기 치려고 마음만 먹으면 절대 피할 수 없대요."

"엄마가 어떻게 당했는데?"

"외로운 찰나에 다정하게 위로하는 척 다가오니까 홀딱 넘어간 거예요. 그래서 돈이고 뭐고 다 준 거예요."

"돈을 어떻게 줬는데?"

"건물을 사 줬어요. 아시죠? 런던 커피 임대료가 너무 올라서 브랜든 쫓겨날 뻔한 거. 그 건물을 아빠 사망보험금으로 사 준 거예요."

"그래서 그 건물이 누구 건데?"

"브랜든이랑 엄마 공동 명의로 되어 있던데요?"

"그럼 사 준 게 아니라 같이 산 거 아니야?"

"자꾸 그렇게 삐딱하게 말하지 마세요!"

나는 발끈했다. 자꾸 이런 식이면 그냥 일어나 버릴 거라고 말하려다 이 자리를 원한 건 여자가 아니라 나라는 게 떠올랐다.

"브랜든이 아니라면 엄마가 왜 굳이 그 건물을 샀겠어요? 브랜든네 가게가 거기 있으니까 산 거겠죠.”

“그래서?”

“그래서라뇨? 엄마가 브랜든에게 사기를 당했으니까 아들인 제가 구해 줘야 된다는 거죠!”

“거기에 나를 이용하려고 보자고 한 거야?”

“이용하는 게 아니라 진실을 듣고 싶은 거예요.”

여자가 커피를 들었다. 식은 커피에서는 뜨거운 커피만큼 냄새가 나지 않았다. 같은 커피인데, 뜨거울 때와 차가울 때 냄새가 달랐다.

“진실은 우린 사랑이 식어서 헤어졌다는 거야. 아마도 엄마가 브랜든과 재혼한 건 브랜든을 사랑해서일 거야.”

“아니, 우리 엄마에 대해서 뭘 안다고 그렇게 말하세요?”

좋은 사람인 줄 알았는데 편협하고 자기중심적인 사람이었다.

“모르지, 몰라, 잘 몰라.”

손이 떨려서 손에 힘을 줬다. 엄마가 브랜든을 사랑한다고? 말도 안 돼. 그건 정말 말도 안 되는 일이다. 엄마는 사기를 당했을 뿐이다.

“나는 너희 엄마에 대해 잘 몰라. 그리고 아마 너도 너희 엄마를 잘 모를 거야.”

여자가 그렇게 말하고는 나를 지그시 바라봤다.

싫다, 저 눈빛.

"우리 엄마예요! 제가 뭘 몰라요?"

야아, 하고 오로라가 나를 잡았다. 나도 모르게 자리에서 일어섰다.

"내 생각엔 말이야."

여자가 따라 일어섰다.

"브랜든이 사기꾼이 아니란 걸 너도 이미 알고 있는 것 같아. 아니야?"

"아니요, 아닌데요? 브랜든은 사기꾼이에요! 그 새끼는 사기꾼이라고요!"

마지막에 소리를 빽 질렀다. 가게 안에 사람이 많았고 그들이 모두 나를 쳐다본다는 것도 알았지만, 목소리가 제멋대로 나갔다. 순간 카페 안에 있는 커피들이 나를 향해 달려드는 것 같았다. 보이지 않는 냄새로 나를 거미줄처럼 옭아매는 듯했다. 내가 벗어나려 할수록 거미줄은 나를 더 감아왔다.

벗어나야 해, 벗어나야 해.

그러나 나는 안다. 벗어날 수 없음을.

나는 패배자처럼 자리에 앉았다. 자리에 앉아 두 손으로 머리를 감쌌다. 머리가 아픈 건지 마음이 아픈 건지 모르겠다. 왜 브랜든은 사기꾼이 아닐까? 왜 브랜든은 미친놈이 아닐까? 왜 브랜든은 나쁜 놈이 아닐까? 정말 나는 다 알고 있었던 것일까. 브랜든이 그저 평범한 사람이고, 엄마가 사기를 당한 게 아니란 것을.

"너를 이해해. 아니, 이해하려고 지금 노력 중이야."

여자가 그렇게 말하고는 "나가서 좀 걸을까?" 했다.

나는 말 잘 듣는 학생처럼 자리에서 일어섰다.

밤공기가 차가웠다. 그 공기가 내 뺨에, 내 목덜미에, 내 머리에 달라붙었다. 살 것 같다. 숨을 좀 쉴 수 있을 것 같았다.

한참을 걷다 보니 런던 커피가 보였다. 좁다, 이 동네 참 좁다. 여자도 따라오고 있었다. 뒤를 돌았다. 내가 여자에게 듣고 싶은 말은 딱 하나였다.

"브랜든이 사기꾼이라고 말해 주지 못해서 미안해. 그건 진실이 아니야."

"그럼 진실은 뭔데요?"

"너희 엄마와 브랜든이 사랑해서 결혼했다는 것."

"그건 아니에요."

"그렇다고 해서 너희 엄마가 너희 아빠를 사랑하지 않았다는 건 아니라는 것. 아마도 너희 아빠를 사랑했을 거라는 것. 그게 진실이야."

"원하는 대답은 아니지만 시간 내 주신 건 감사해요."

여자가 웃었다.

"물어볼 거 있으면 언제든 와. 가게는 주중, 주말 상관없이 아홉 시쯤 끝나."

여자는 그렇게 말하고 손을 흔들었다.

"이제 여기 커피 못 마시는 건 아쉽긴 하다."

멀어지는 여자의 뒷모습을 바라봤다.

'브랜든이 사기꾼이 아니란 걸 너도 이미 알고 있는 것 같아. 아니야?'

여자의 말이 귓가에 윙윙 울렸다. 오로라가 나를 툭 치고는 "괜찮아?"라고 물었다. 나는 고개를 저었다. 괜찮지 않을 때 괜찮다고 말하려면 힘이 필요하다. 지금은 그럴 힘이 내게 남아 있지 않았다.

"너 커피 못 마시면 술은 마셔?"

오로라가 물었다.

"그런 눈으로 보지 마."

"내가 뭐?"

"슈퍼에서 사서 공원에서 마시자. 불법이니 뭐니 그런 꼰대 같은 얘기는 하지 마."

"누가 뭐래? 네가 살 거야?"

오로라가 피식 웃었다.

"좀생이. 내가 살게."

오로라가 내 팔에 팔짱을 꼈다.

"소주에 커피를 타서 마셔 보자! 그럼 커피 향이 아니라 소주 냄새가 날 거야."

천재인데? 오로라가 어쩐지 듬직한 형처럼 느껴졌다. 술에 취해 런던 커피의 문을 부쉈던 일이 떠올랐지만, 오늘은 취해도 괜찮을 것 같았다.

결국 오늘 여자에게 듣고 싶었던 말인 브랜든은 사기꾼이야, 그 말을 듣지 못했다. 여자는 말했다. 그저 사랑이 식어서 헤어졌다고. 엄마는 그럼 왜 아빠의 사망보험금으로 런던 커피 건물을 샀을까? 브랜든은 정말 절반의 돈을 냈을까?

브랜든이 돈을 내지 않았는데 엄마가 공동 명의를 해 준 거라면 얼마나 좋을까.

이런 생각을 하는 내가 싫었다.

14

"진짜 커피 냄새가 하나도 안 나! 신기하다!"

소주에 커피를 섞자 커피 냄새가 전혀 나지 않았다. 세상에 믿을 건 알코올밖에 없구나, 싶었다.

"그만 좀 마셔."

5월 초입이었지만 밤공기가 서늘했다. 나는 두 손으로 팔뚝을 쓰다듬고는 다시 소주를 마셨다.

"야, 술은 딱 기분 좋을 때까지만 마시는 거야."

"그건 꼰대들 얘기야."

"내가 꼰대냐?"

오로라가 그렇게 말하고는 내 손에 들린 소주병을 빼앗았다. 내가 다시 뺏으려고 하자 쏩 소리를 냈다.

"야, 우리 이대로 떠날까?"

"어디로?"

"바다!"

갑자기 웃기다는 생각이 들었다.

"나 사실 지난 달에도 엄마랑 싸우고 집 나왔었거든. 그래놓고 내가 어디 갔는 줄 알아?"

"바다?"

나는 고개를 저으며 "학교"라고 말했다.

"미친놈."

"그치, 나 정말 미친놈 같지?"

오로라가 고개를 끄덕이다가 "조금 미친 게 살기 더 편하지 않냐?"했다.

"게임으로 남자 만나지 마. 위험해."

"내 잘못이야?"

나는 고개를 저었다.

"우리 진짜 바다 보러 갈래?"

"너 집에서 안 쫓겨나?"

"엄마는 지방에서 식당 해. 혼자 살아."

"그럼 더 안 돼."

그렇게 말해 놓고 보니 정말로 바다가 보고 싶었다. 그러나 나는 취한 와중에도 이 밤중에 바다에 갔을 때 벌어질 일들이 머릿속에 그려졌다. 엄마는 재범이한테 전화할 테고, 재범이도 모른다고 하면 경찰서에 실종 신고를 할 것이다.

학교에서는 또 어떨까. 다음 날 멀쩡히 학교에 가더라도 주임에게 한바탕 잔소리를 들을 것이다. 아니야, 아니야. 난, 할 수 없어. 난, 바다 같은 곳엔 갈 수 없어.

"너 진짜 귀엽다."

"놀리냐?"

오로라가 어깨를 들썩이며 "아니, 진짜로. 난 너 같은 애가 좋아" 했다.

"내가 어떤데?"

"음, 굳이 네 친구 재범이랑 비교하자면, 재범이는 내가 바다 가자고 했으면 학교고 뭐고 좋다고 갔을걸?"

"그거야 재범이는 널 좋아하니까 그렇지."

오로라와 단둘이 술 마신 거 알면 난리가 날 텐데. 이제야 재범이 생각이 났다.

"재범이한테 우리 둘이 만난 건 말하지 마. 걔 돌 거야. 그래도 걔 이상한 애 아니야."

"뭐, 내가 생각했던 것만큼 미친놈은 아닌 것 같아. 선을 넘을랑 말랑 하다가도 안 넘으려고 노력하는 것 같아."

오로라가 나를 뚫어지게 처다봤다.

"잘생겼냐?"

"잘생긴 건 김재범이지. 넌 그냥 생긴 거지. 말 그대로 '생긴 거'. 너 보다 보면 재범이를 다시 생각하게 돼. 아, 개는 얼굴은 참 잘 생겼지, 하고. 근데 너 왜 자꾸 병을 세냐?"

나는 내 옆에 놓인 초록색 병을 세고 있었다. 생각해 보니 나를 위로해 주는 건 이 초록색 병밖에 없는 것 같다. 그래서 어른들이 그렇게 술을 마시나?

하나, 둘, 셋, 셋, 셋.

셋 다음에 뭐였지?

"야, 셋 다음에 뭐지?"

"너 데려다주고 갈게. 집 주소 좀 말해 줘."

"야, 있잖아. 여자로서 여자 심리에 대해 말해 줄 수 있냐? 20년 가까이 같이 산 남편이 죽었어. 근데 일 년 만에 재혼할 수 있냐? 만약 그렇다면 남편을 엄청 싫어했던 거겠지? 남편 죽었을 때 아, 잘 죽었다, 싶었겠지?"

나는 벌떡 일어났다.

"엄마한테 물어봐야겠어."

나는 그대로 걸어갔다. 뒤따라 오로라의 야, 같이 가! 하는 소리가 들렸지만 오히려 그 소리를 채찍질 삼아 뛰기 시작했다. 그러고 보니 단 한 번도 엄마와 아빠의 죽음에 대해 이야기한 적이 없었다. 말을 꺼내면 엄마가 갑자기 나를 안을까 봐 걱정됐다. 엄마가 내 등을 쓰다듬으며 괜찮다고 할까 봐 겁이 났다. 엄마랑 싸우는 것보다 엄마랑 끌어안고 우는 게 더 싫었다. 그래서 엄마도 슬플 것이다, 짐작만 하고 말았다.

그러니 지금이라도 엄마에게 단도직입적으로 물을 것이다. 아빠가 돌아가셔서 엄마도 슬펐냐고! 아니면 기뻤던 거냐고!

내가 사는 아파트가 보이자 다리가 휘청거리고 머리가 어지러웠다. 나는 그대로 쓰러졌다. 뒤에서 오로라가 나를 부르는 소리가 들렸다.

"미친놈! 야, 이 미친놈아!"

그다음에는 개새끼라고 했나, 죽여 버린다고 했나. 어쨌든 욕이 계속 이어지는 와중에 오로라가 내 뺨을 때렸다. 나는 아, 이렇게 죽는구나, 하는 생각을 잠시 했던 것 같다. 차라리 잘됐다. 그럼 엄마의 진실 따위는 알 필요도 없으니까. 엄마가 아빠 보험금을 브랜든을 위해 사용했다는 사실을 받아들일 필요가 없으니까. 심지어 브랜든이 사기꾼도 아닌데 말이다. 브랜든은 사기꾼이어야만 하는데. 그리고 다시 죽을 것 같다는 느낌에 눈을 떴을 때, 나는 내 방 침대에 있었다.

목이 타들어 가는 것만 같았다. 누군가 내 목에 휘발유를 끼얹고 불을 붙인 것 같다. 냉장고 문을 열고 물을 마시는데 인기척이 들렸다. 옆을 돌아보니 오로라가 눈을 비비며 서 있었다.

"너 진짜 언젠가 죽여 버릴 거야."

오로라는 웃음기 하나 없는 얼굴로 말했다. 그제야 나는 어제 일이 조금 기억났다. 그러나 기억났다는 걸 들키고 싶지 않았다.

"너 집은?"

"네 동생이랑 잤어. 초딩도 코를 곤다는 새로운 사실을 알아냈다."

그때 안방 문이 열리고 엄마가 나왔다. 뒤에는 브랜든이 서 있었다.

"깼어?"

엄마 말을 무시하고 오로라를 향해 "너 근데 우리 집은 어떻게 알았어?"라고 묻는 순간, 재범이가 떠올랐다.

"진짜 기억 안 나?"

아, 씨발, 진짜 좆됐다.

나를 죽일 듯 노려 보던 재범이의 눈빛과 내팽개치듯 날 침대에 내려놓던 모습이 동시에 떠올랐다. 우리 엄마가 재범이를 불렀지만 재범이는 대답하지 않았다. 아무것도 묻지도 않고 집을 나섰다.

재범이는 단단히 오해한 것이다. 내가 오로라와 따로 만났다고. 물론 따로 만난 건 사실이지만, 그게 진실은 아니었다.

머리가 너무 아팠다. 나는 두 손으로 머리를 감싸며 주저앉았다. 오로라가 나를 잡으려 했지만 몸을 피했다. 이게 다 브랜든 때문이다. 아니, 엄마 때문이다. 애초에 브랜든보다 더 나쁜 건 엄마다.

"고등학생이 무슨 술이야. 한 번만 더 이러기만 해 봐."

엄마의 꾸짖는 목소리가 들렸다.

"한번 봐 줬더니 계속 그래도 되는 줄 알아?"

"엄마가 나한테 이래라저래라 할 자격이라도 있어?"

나는 벌떡 일어나서 소리를 질렀다. 술이 아직 다 깨지 않은 척, 나는 나 스스로에게 최면을 걸며 말했다. 엄마가 나한테 성큼 다가와 내 등을 내리쳤다.

"그럼 내가 자격이 없다는 거야? 낳아 주고 길러 줬는데 이런 말도 못 해? 어? 어디서 어리광이야."

"어리광?"

"그럼 이게 어리광이 아니면 뭐야? 뭐, 네가 영화 속 주인공이라도 되는 줄 알아? 세상이 다 네 위주로 돌아가고 너는 나쁜 놈한테 당한 피해자라도 되는 줄 알아? 내가 너한테 뭘 그렇게 잘못했어?"

"그럼 엄마가 나쁜 사람이 아니라고?"

"재혼하면 다 나쁜 사람이야? 세상에 재혼한 사람들은 다 죄인이야? 내가 언제까지 미안해하고 사과해야 돼? 너도 재혼 찬성했잖아! 할머니가 뭐라고 하니까 네가 나서서 말렸잖아! 아니야?"

엄마가 다시 내 등을 내리치려 하길래 엄마의 팔을 잡았다.

"아빠 보험금은 어디다 썼는데? 어?"

엄마가 뭐라고 말하려고 입을 벌렸다가 아무 말도 못 한 채 나를 쳐다봤다.

"어디다 썼냐고! 말 못 하지?"

내가 거들먹거리듯 턱을 올린 채 말했다. 이렇게 묻고 싶지는 않았다. 브랜든이 사기꾼이란 증거를 들이밀면서 침착하게 말할 생각이었다. 그런데 사기꾼이란 증거는 어디에도 없었고 엄마 혼자 자발적으로 브랜든에게 건물을 사 줬다는 사실만이 내게 쥐어졌을 뿐이다.

"……다 말하려고 했어."

엄마가 정신을 차린 듯 간신히 입을 뗐다.

"언제?"

"언젠가 말하려고 했어."

"아빠 사망보험금으로 어떻게 그 건물을 살 수 있어? 그것도 둘이 나란히 공동 명의로 돼 있더라?"

"못할 건 뭐야? 왜 안 되는데? 내가 브랜든한테 건물을 사 준 것도 아니고."

"사 준 거나 마찬가지잖아. 브랜든 아니었으면 그 건물 샀겠어? 브랜든이 그 건물에서 쫓겨날까 봐 엄마가 산 거잖아. 그러니까 사 준 거지. 왜, 브랜든이 사 달래?"

"너 정말······."

엄마가 숨을 몰아쉬었다.

"브랜든은 그런 말 한 적 없어. 그동안 모은 돈에 대출받아 산다는 거 같이 사자고 했어. 대신 은행 이자 나한테 주기로 했고."

"그래서 진짜로 이자 받고 있다고? 말도 안 되는 소리 하지 마. 그냥 하는 소리잖아. 엄마는 내가 아직도 코찔찔이 어린앤 줄 알아?"

그때 안방 문이 다시 열리는 소리가 들렸다. 안방에서 뒤적뒤적하는 소리가 나더니 브랜든이 뭔가를 꺼내왔다. 통장이었다.

브랜든이 나에게 그 통장을 내밀었다.

나는 받지 않았다.

"확인해 봐."

나는 꼿꼿이 고개를 든 채 있었다.

"대체 그 건물을 왜 샀는데. 어?"

"······올라."

"뭐?"

"분명히 올라. 오른다고."

"도대체 무슨 말이야?"

"곧 재개발 들어가면 분명히 오른다고."

엄마가 내 눈을 똑바로 보면서 말했다. 그리고 덧붙였다.

"벌써 1억 가까이 올랐어."

나는 너무 황당해서 엄마와 브랜든을 번갈아 쳐다봤다. 이건 지금 살고 있는 아파트를 살 때 엄마가 했던 말과 똑같았다.

'무조건 올라!'

엄마는 변하지도 않았고 미치지도 않았다. 엄마는 아빠가 살아 있을 때와 똑같았다. 브랜든을 사랑해서 아빠 사망보험금으로 그 건물을 산 게 아니다. 그저 오를 것 같아서 투자한 것뿐이다. 사실을 깨달은 그 순간, 나도 모르게 웃음이 나오려던 걸 참았다.

우리 엄마가 맞았다. 아빠와 함께 사라져 버린 줄 알았던 엄마는 사라지지 않고 내 옆에 있었다.

"브랜든이랑 헤어져서 건물 팔게 돼도 너 대학 보낼 돈은 있으니까 걱정하지 마."

엄마가 그렇게 말하고는 나를 밀치고 싱크대로 갔다. 그러고는 큰솥에 물을 받다가 이제야 생각났다는 듯이 뒤를 돌아보더니 "그리고 너"라고 말했다.

"한 번만 더 반말해 봐."

그러더니 혼자서 아들자식 키워 봤자 소용없다더니, 어디서 저런 게 나왔는지, 내가 진짜 가만 안 둬 같은 말을 내뱉었다. 혼잣말이었지만 분명 나 들으라고 하는 소리였다.

"흐음."

소리가 들리는 쪽으로 몸을 돌렸더니 오로라가 입을 막은 채 웃고 있었다. 내가 노려보며 입 모양으로 웃지 마, 하니까 오로라가 내 맘이야, 라고 했다.

"내 웃음까지 관여하지 마."

"미역국 좋아하니?"

엄마가 미역을 불리며 물었다.

"저요?"

오로라가 대답하자 엄마가 그래, 했다.

"그저 그래요. 해 주시면 먹죠."

"말하는 것 참."

엄마가 혀를 끌끌 차는 소리가 들렸다. 브랜든은 그때까지 나와 오로라, 엄마를 쳐다보고 있었다. 그러다 힘겹게 입을 뗐다.

"나랑 헤어질 거야?"

아까 엄마가 했던 말이었다.

엄마가 돌아보더니 "사람 일 모르는 거잖아"라고 말하고 다시 미역을 빡빡 씻기 시작했다. 마치 빨래에 비누칠을 한 후 빡빡 빠는 것처럼. 저러다 미역이 부서지지는 않을까 생각하다가 갑자기 재범이가 떠올랐다.

하아. 나는 그대로 고개를 숙였다. 다시 두통이 밀려왔다.

브랜든과 엄마, 나와 오로라는 어색하게 마주 앉아 미역국을 먹었다. 브랜든이 엄마의 눈치를 살피는 게 보였다. 어쩌다 우리 엄마 같은 여자를 만나서는……. 엄마는 아빠도 브랜든도 별로 사랑하지 않고 오로지 돈과 자기 자신만 사랑하는 여자다. 그렇게 정리했다. 그러자 미움이 조금 사라졌다. 지질하다는 건 안다. 그래도 엄마가 브랜든을 사랑해서 빌딩까지 사 줬다고 생각할 때보다 빌딩이 오를 것 같아서 브랜든을 꼬셨다고 생각할 때 미움이 덜했다. 브랜든에 대한 미움도, 엄마에 대한 미움도.

밥을 다 먹자 브랜든이 포터에 물 끓일 준비를 했다.

"오늘은 커피 내리지 마세요."

브랜든에게 처음으로 내 속마음을 말했다. 말하고 나니 정말 별것 아닌 것처럼 느껴졌다.

"속이 안 좋아요."

브랜든은 너무나 흔쾌히 고개를 끄덕였다. 그동안 혼자 토하던 내가 바보같이 느껴질 정도로.

"난 마시고 싶은데……."

엄마가 말하고는 또다시 얼른 내쫓든지 해야지, 라고 덧붙였다. 브랜든이 피식 웃었다. 브랜든이 좋아하는 엄마의 모습인 듯했다. 나도 저런 엄마의 모습을 좋아했었는데…….

"저도요."

오로라까지 엄마의 편을 들었지만 브랜든은 끝까지 내 말을 존중해 줬다.

재범이는 학교에 오지 않았다. 선생님께 여쭤보니 감기 몸살이라고 했다. 재범이는 전화도 받지 않았다.

[재범이 연락 왔어?]

오로라에게 메시지를 보냈다.

[아니, 너는?]
[나도.]

전화를 못 받을 정도로 아픈 걸까? 아줌마와 아저씨는 일을 나가셨을 텐데. 걱정이 돼서 점심시간에 변 쌤에게 허락 받고 학교를 나왔다. 재범이 집에 가서 문을 두드렸으나 아무런 인기척이 들리지 않았다.

수신 거부를 했는지 문자와 카톡을 확인하지 않아서, 문앞에 쪽지를 남겨 두고 다시 학교로 돌아왔다.

오해야.

이 말밖에는 해 줄 수 있는 말이 없었다. 재범이도 이 이야기를 듣는다면 오로라와 단둘이 만나게 된 걸 이해해 줄 거라고 생각했다. 그러나 재범이에게서는 며칠이 지나도 연락이 없었다.

아줌마는 재범이가 학교에 나오지 않았다는 이야기를 듣고는 감기 몸살에 걸렸다고 둘러대면서도 속으로 오후에는 갔겠지, 싶었다고 했다. 실종 신고를 하려던 아줌마에게 그날 있었던 일을 이야기했더니 그럼 돌아올 거니까 걱정하지 말라고 했다. 아줌마에게 혼날 각오를 했는데 아줌마는 오히려 재범이를 욕했다.

"남자 새끼가 그렇게 쪼잔하니 여자애가 싫어하지."

나는 아줌마에게 재범이의 잘못이 아니라고 말했다. 모두 내 잘못이고 나 같은 애는 숨 쉬는 공기가 아깝다며 차라리 죽고 싶다고 했다. 그리고 만약 재범이에게 무슨 일이 생기면 따라 죽겠다고, 나를 절대 말리지 말라는 말도 덧붙였다. 아줌마는 어이없다는 표정으로 딱 한마디 했다.

"너 병원 가야 되는 거 아니니?"

재범이는 집 나가고 하루 만에 연락이 왔다고 했다. 마음 정리가 되면 곧 돌아온다고. 근처 친척집에 묵는 걸 조건으로 허락했다고 한다.

"이럴 때 누르면 스프링처럼 더 튀어나와. 모른 척해 줘야 할 때도 있는 거야. 아마 네 엄마도 그럴걸? 너, 조심해."

갑자기 불똥이 나한테 튀었다. 아줌마가 웃었다. 그리고 아줌마 말대로 재범이는 돌아왔다.

내가 그간의 일을 설명하려고 했으나 재범이는 듣고 싶지 않다고 했다. 화난 게 아니라는데 화난 얼굴이었다. 그러면서도 자꾸 인자한 미소를 지으려고 노력했는데, 그게 더 무서웠다.

재범이 말로는 일주일 동안 마음 수양을 하고 왔다지만, 수양

따윈 단 1그램도 된 것 같지 않았다. 재범이는 씩씩거리며 이제 그런 거에 연연하지 않는다느니, 나는 아무 상관도 없다느니, 인생은 아름답다느니, 나중에 나이 들어 지금을 회상해 보면 추억으로 기억될 거라느니 하는 가당치 않은 말만 늘어놓았다.

그러면서 이런 말도 덧붙였다.

"아무것도 보이지 않는 컴컴한 밤중에 바닷바람을 맞으며 서 있다 보니 인간이란 한낱 자연에 비하면 얼마나 보잘것없는 것인가, 하는 깨달음을 얻었어. 현실 세계의 일로 아웅다웅하고 싶지 않아. 난 정말 괜찮아."

현실 세계의 일로 아웅다웅하고 싶지 않다던 재범이의 키가 커진 것 같았다. 설마 깔창을 더 깔았나?

재범이는 재범이었다.

엄마가 엄마였던 것처럼.

나는 재범이의 뒤통수를 세게 내리쳤다. 재범이가 억울한 눈빛으로 나를 쳐다봤다.

"이건 내 마음고생에 대한 벌."

이번엔 재범이를 힘껏 안았다.

"이건 돌아와 준 게 고마워서."

미쳤냐? 재범이가 나를 밀어내려다가 내가 팔에 힘을 주자 나직이 한숨을 내쉬고는 관세음보살, 관세음보살, 하고 중얼거렸다. 떠나기 전엔 하느님을 찾았는데 돌아오고 나서는 부처님이라니.

어이가 없으면서도 코끝이 찡해 왔다.

나를 미워하지 않기 위해, 노력했구나.

나와의 추억을, 시간을 후회하지 않기 위해, 노력했구나.

재범이 말대로 재범이는 일주일 동안 마음 수양을 하고 왔다. 나를 미워하기 위해서가 아니라, 나를 미워하지 않기 위해서. 나도 엄마를 미워하고 싶지 않아서 브랜든이 사기꾼이란 증거를 찾아 돌아다녔다. 엄마를 사랑해서. 사랑이 이렇게 무섭다.

눈물을 들킬까 봐 재범이를 더 꽉 안았다.

내가 할 말은 단 한마디밖에 없었다.

무사히 돌아와 줘서 고마워.

15

재범이는 오로라와의 일을 묻지 않았다. 묻지 않는 속내를 알 것 같았다. 내가 엄마에게 진실을 캐묻지 않았던 것과 같을 것이다. 무서워서.

재범이의 학원이 끝나고 아이스크림 하나씩을 사 들고 입에 물었다. 밖이 어둑했다.

"너 아직도 커피 냄새 못 맡냐?"

"그건 왜?"

"그게 다 마음 수양이 부족해서 그래. 내가 이번에 바닷가 갔다 오고 느낀 게 많아. 모든 건 마음에 달렸어."

"미친놈."

나는 재범이의 뒤통수를 때리려다 말고 재범이가 방심한 틈에 목을 졸랐다.

"야, 정말이라니까. 나는 화가 나지 않았다, 나는 괜찮다, 하루에 백 번씩 외치니까 씨발, 진짜 괜찮아지더라니까?"

내가 보기엔 화를 더 아래로 가라앉혀 사라진 것처럼 착각하게 만든 것 같지만, 자기가 그렇다는데 뭐라고 더 하기도 그래서 그냥 무시했다.

"앞으로 너도 커피를 아예 코앞에 두고 이건 세상에서 제일 좋은 향이다, 이렇게 백 번씩 외쳐. 아니, 아니다. 아예 커피를 보면서 이건 물이다, 이건 단지 검은 물일 뿐이다, 이렇게 자기암시를 해. 그럼 언젠가 어, 물이 검은색이네, 하고 생각하게 될 거야."

"너 앞으로 마음 수양 같은 건 절대 하지 마라. 너 한 번만 더 그런 거 하면 뉴스에 나올 것 같아. 사이비 사기꾼으로."

나는 그간 있었던 일을 이야기했다. 그동안 재범이는 고개를 끄덕이기도 하고 쓰읍 소리를 내기도 했다.

"그래서 둘이 술 마신 거야?"

나는 고개를 끄덕였다.

"나도 부르지."

"그럼 왜 둘이 만났냐고 추궁할 거 아니야. 구구절절 설명할 정신이 없었어."

"아줌마 재혼한다고 했을 때 솔직히 나도 놀랐어. 너한테는 그럴 수도 있지, 라고 했지만 속으로는 너무 빠르다고 느꼈어."

재범이랑 진지한 이야기를 나누기는 쉽지 않다. 내가 엄마와 안는 게 두려워서 엄마 앞에서 펑펑 울지 못했던 것처럼, 재범이 앞에서도 마찬가지다. 무너질까 봐 두려워서. 고개를 돌리니 재범이가 혀를 차고 있었다.

"이래서 현실 세계는 안 돼. 남자랑 여자가 만나면 문제가 생긴다니까."

재범이가 어느새 표정을 바꿨다.

"아니, 사람과 사람이 만나면 문제가 생기는 거야. 아줌마는 애초에 왜 재혼을 해서는. 아니, 아니, 왜 너네 아빠랑 결혼을 해서는 너를 낳았냐고. 네가 세상에 나옴으로써 이 모든 문제가, 오늘 같은 문제가 터진 거야. 그래, 태어나지 않았으면 우린 이런 고통을 겪지 않아도 됐겠지."

"미친 새끼. 내가 태어난 게 문제라는 거냐?"

"나는 이제 현실 세계에서 한 발 떨어져 위에서 지켜볼 생각이야. 그럼 이 모든 문제가 공기보다 가볍다는 것을 알게 될 거야."

휴.

"오로라가 내일 영화 보자고 전해 달래."

"나무아미타불 관세음보살."

"저녁 8시 반, 영화관 앞에서 보재."

"하느님 아부지, 저를 사탄의 유혹으로부터 구해 주시고……."

"근데 어느 영화관인지는 잘 생각이 안 나네."

나는 그렇게 말하고 자리에서 일어섰다.

재범이가 다급하게 쫓아와서 내 뒷덜미를 잡았다. 나는 재범이의 손을 잡아떼고는 "스님, 아니, 부처님, 예수님. 이러시면 곤란합니다. 인간 세상의 일이 위에서 내려다보면 먼지보다 하찮을 진데 왜 이런 데 집착하십니까"라고 한 뒤 골목길로 뛰어갔다.

재범이가 나를 쫓아왔다.

컴컴한 밤, 땀이 날 정도로 골목길을 뛰니 가슴이 후련했다. 내가 살았던 골목골목을 지나 아빠와 함께했던 골목, 재범이와 함께했던 골목, 그리고 브랜든의 카페가 있는 골목을 지났다. 아빠와 함께했던 골목을 지날 땐 아빠가 바람이 되어 나와 함께하는 것 같았다.

언제까지 이 골목들이 그대로일지 모르겠지만, 먼 훗날에도 이곳을 달릴 수 있으면 좋겠다는 바람이 마음속에 자라났다.

엄마의 바람대로 집값이, 건물값이 오르지 않아도 좋으니 될 수 있는 한 이대로 유예되기를. 그러나 나도 언젠가는 엄마처럼 사놓은 주식이 오르기를, 집값이 오르기를, 건물값이 오르기를 바라게 되겠지. 그 언젠가도 유예되길, 나는 바랐다.

16

아침에 일어나 세수를 하려고 방을 나오니 브랜든이 커피를 내리고 있었다. 나는 화장실로 들어가려다 말고 그 앞에 섰다.

"미안, 자는 줄 알고. 내리지 말까?"

브랜든은 나를 최대한 배려하기 위해 노력하고 있었다. 나는 고개를 저었다.

"너는 남 커피 마시는 것까지 꼭 그렇게 참견해야 돼?"

엄마가 별이 방에서 나오면서 말했다. 엄마는 그 사건 이후로 더 이상 내 눈치를 보지 않는다. 오히려 더 당당하게 행동한다. 내 집이니까 꼴 보기 싫으면 네가 나가라나 뭐라나. 더럽고 치사해서 나가고 싶지만, 아직 학생인 관계로 돈이 없어서 못 나간다. 그렇다고 재범이처럼 혼자 훌쩍 떠날 배짱도 없고…….

"내가 뭐라고 했어요?"

내가 삐딱한 눈으로 쳐다보자 엄마가 안 봐도 비디오야, 했다. 나는 일부러 내리세요, 라고 또박또박 말했다. 그러자 브랜든이 머뭇거리더니 원두를 치우기 시작했다.

"고맙다. 고맙지만 이따가 내릴게."

그렇게 말하고는 뭔가 더 할 말이 있다는 듯이 저기, 하고 나를 불렀다.

"앞으로 일요일에 아르바이트 안 와도 좋아."

브랜든이 말했다. 알겠다고 말하려고 했는데 엉뚱한 말이 튀어나왔다.

"왜 다 맘대로만 하세요? 저 그렇게 책임감 없는 사람 아니에요. 제가 하기로 한 때까지는 할게요."

브랜든이 의아하다는 눈빛으로 나를 쳐다봤다.

"너 왜 그래? 사람 불편하게 하기로 작정이라도 했어?"

엄마가 심드렁하게 말하고는 밥을 푸기 시작했다.

"골 부리는 것보다 그러는 게 사람 더 심란하게 하는 거야. 무슨 꿍꿍인가 싶어서."

"내가 뭘?"

"아, 참, 브랜든?"

브랜든이 뒤를 돌아보자 엄마가 "생활비 보냈어?" 하고 말했다. 브랜든이 아, 오늘 25일이지, 하면서 보낼게, 했다.

브랜든한테 생활비를 꼬박꼬박 받고 있었던 건가. 아빠한테 그랬던 것처럼? 당연한 일이지만 어쩐지 느낌이 이상했다. 지금 상위에 놓인 불고기에 엄마 돈만이 아닌 브랜든의 돈도 포함됐다고 생각하자 어쩐지 브랜든에게 미안한 마음이 들었다. 아빠가 생활비를 벌어올 때와는 전혀 다른 기분이었다.

그땐 단 한 번도 아빠에게 미안하다고는 생각하지 못했다. 당연하다고만 생각했지. 브랜든이 얼마를 생활비로 내는지는 모르겠지만, 나와 별이의 생활비는 전적으로 엄마가 감당했으면 좋겠다.

브랜든은 나와 별이의 아빠가 아니니까 우릴 책임질 이유가 없다. 그저 엄마의 새 남편일 뿐이다.

하지만 그게 깔끔하게 분리가 될까? 이 불고기처럼 브랜든의 돈과 엄마의 돈, 아빠가 남긴 돈이 섞여 내가 먹고 입고 쓰게 되겠지. 이것이 가족인가. 아직, 거기까지는 받아들일 마음의 준비가 되지 않았다.

식탁에 넷이 앉아서 밥 먹는 건 아직도 어렵다. 별이는 반 애들 중 한 명이 자꾸 장난쳐서 학교에 가기 싫다고 중얼거렸다.

"나도 너만 할 때는 그랬어. 그런데 커 보니 그런 건 하나도 안 중요해."

내가 말하자 엄마가 "다 큰 것처럼 말한다?"라고 했다.

"오빠, 그런 식으로 말하지 마."

"뭘?"

"오빠가 엄마 재혼했다고 속상해해도 나는 오빠가 어려서 그러는 거라고 말한 적 없어."

"뭐? 그게 이거랑 같아? 그리고 나 그런 적 없거든?"

"거짓말."

별이가 나를 노려봤다. 내가 화를 내려고 하자 별이의 눈시울이 붉어졌다.

"난 그것 때문에 얼마나 힘든데!"

"아니, 누가 뭐래?"

"내가 어려서 그런 거라며?"

"말이 그렇다는 거지."

엄마가 나를 향해 말했다.

"사과해."

"내가 어려서 그런 게 아니라, 난 정말 걔가 장난치는 게 싫은 거라고!"

"아니, 나는 그런 뜻이 아니라……."

"사과해."

"엄마!"

내가 너무하다는 의미로 엄마를 쳐다보자 엄마는 고개를 돌렸다. 별이는 내가 사과할 때까지 움직이지 않겠다는 듯이 팔짱을 끼고 나를 노려봤다. 아니, 내가 도대체 뭘 그렇게 잘못했다고!

"알았어, 미안해."

"뭐가 미안한데?"

별이가 되물었다.

"오빠는 지금 미안하지도 않으면서 미안하다고 하는 거잖아!"

"아니야! 진짜 미안해! 미안하다고!"

두 손을 흔들면서 말했다. 별이가 나를 노려보더니 의자에서 일어나 엄마를 보고 말했다.

"오빠가 정식으로 사과할 때까지 오빠랑 절대 말 안 할 거야!"

별이가 화장실로 들어가자 엄마가 다시 나한테 "사과해!" 했다.

"와, 사과 안 한 사람처럼 몰아가네."

나도 그렇게 말하고 자리에서 벌떡 일어섰다. 나를 쳐다보던 브랜든과 눈이 마주쳤다. 내가 눈길을 피하려고 하자 브랜든이 "저기" 하고 나를 불렀다. 내가 입 모양으로 네? 하자 브랜든이 흠, 소리를 내고는 말했다.

"잘 모르지만, 사과하는 게 좋을 것 같다."

나는 하, 소리를 냈다. 엄마를 쳐다보자 엄마도 고개를 끄덕였다. 화장실에서 나온 별이가 나를 노려보고는 방으로 들어갔다. 도무지 이 상황이 이해가 가지 않았다. 마치 커피 냄새처럼…….

유일하게 드는 생각은 집에서 왕따를 당하지 않으려면 정신 차려야겠다는 것이었다.

17

변 쌤이 재범이를 불렀다. 아무리 별 문제 없이 지나갔다고 해도 일주일 동안 학교를 무단결석한 건 그냥 넘어갈 수 없는 일이었다. 사유서를 쓰고 교칙에 따라 벌을 받을 것이다. 상담실 밖에서 재범이를 기다리다가 먼저 나오던 변 쌤과 마주쳤다. 변 쌤이 나를 보고는 어, 했다.

"아르바이트 재밌어?"

"그, 그건 어떻게 아셨어요?"

"어머니가 걱정 많으셔. 당신 때문에 네가, 아무튼 너도 엄마 돼 봐라."

"선생님도 결혼 안 하지 않으셨어요?"

"야, 너는 어린 애가 왜 이렇게 편견이 심해. 결혼 안 하고 애 낳는 사람도 얼마나 많은데."

"죄송합니다."

상상도 못 했다. 그냥 쌤은 결혼에 별 뜻이 없구나, 생각했다. 아니, 사실은 이런 생각조차 하지 않았다. 관심이 없었다.

"뭐가?"

"아이 있으신 줄 몰랐어요."

"없는데?"

변 쌤이 어깨를 으쓱했다. 재범이가 뒤에서 크크거렸다.

"아르바이트 한다고 공부에 소홀하면 안 된다. 너는 정말 소홀하면 안 되는 성적이야. 알지? 여기서 더 소홀했다간⋯⋯."

"알겠습니다. 근데 선생님도 커피 좋아하세요?"

변 쌤이 고개를 갸우뚱하더니 "얼렁뚱땅 넘어가긴. 커피는 왜?"라고 했다.

"선생님, 커피 냄새가 너무 싫고 어떨 땐 커피 냄새만 맡아도 토할 것 같은데, 그걸 극복하려면 어떻게 해야 돼요?"

"음, 솔직히 잘 모르겠지만, 왜 그런 말 있잖아, 이열치열."

"쌤, 그 말이 왜 여기서 나와요?"

재범이가 상담실을 나오면서 말했다.

"왜 더울 때 뜨거운 걸 먹으면서 더위를 극복하려고 할까? 내 생각엔 그래. 아무리 찬 걸 먹어도 더운 게 안 가시는 거야. 그럴 바에야 속을 더 따뜻하게, 건강하게 만들어서 극복하자는 거지."

"그게 무슨 뜻이에요?"

"어휴, 진짜. 너 대학이나 가겠냐? 커피 냄새를 피하려고 하지 말고 정면으로 한번 부딪쳐 보란 소리야."

"그런데도 싫으면요?"

"그럼 어쩌겠어. 그냥 살아야지."

변 쌤이 어깨를 으쓱했다. 하긴 어쩌겠나, 그냥 살아야지.

"커피 한번 배워 볼까?"

재범이에게 말했다.

"나는 네가 억지로 극복하려고 하지 않았으면 좋겠어. 물론 커피 냄새 맡으면 속 울렁이는 게 조금 번거롭긴 하겠지만, 그렇다고 너무……."

나는 재범이의 어깨를 두드렸다.

"부딪쳐 보고 싶어, 한번."

"그래, 그럼! 나도 같이 배울까? 오로라도 커피 좋아하는 것 같던데."

"걔 좋아하는 척만 하는 거야. 지난번에 보니까 원두 구분도 못

하던데.”

“그런 것도 알아?”

재범이가 입을 삐쭉이더니 의리도 없고 예의도 없고 머리털도 없는 새끼, 하고 또다시 혼잣말하는 척 다 들리게 말했다. 이게 재범이가 말한 수양이란 말인가? 큰 소리로는 수양했다고 말하고 작은 소리로는 사람 열받게 만들기! 근데 뭐? 머리털?

“뭐? 야, 다른 건 다 건드려도 머리털은 건드리지 마라. 나 진짜 못 참아.”

“그래도 키 작은 것보다는 낫잖아.”

“나 이거 머리털이 빠진 게 아니라 어릴 때 넘어져서 이 부분만 머리카락이 안 나는 거야.”

“그래, 다 알아.”

재범이가 다 이해한다는 듯한 표정으로 고개를 끄덕였다.

“아오, 이 새끼 진짜. 너 한번만 더 바다 가서 수양한다고 하면 진짜 죽여 버린다.”

나는 도망가려는 재범이의 목에 팔을 걸었다. 내가 목을 조르는 순간에도 재범이는 하느님 아버지, 나무아미타불 관세음보살 등의 말을 쉴 새 없이 중얼거렸다.

“입 다물어라.”

재범이가 말한 수양이 자기 자신은 평온해지고 남은 열받게 하는 거라면, 내 처음 생각과는 다르지만 수양은 성공적이었다.

나는 재범이의 목을 조르던 팔을 풀고 두 손을 들었다.

"항복!"

재범이가 피식 웃고는 도사처럼 뒷짐을 지고 걸어갔다. 역시 사이비.

18

학교가 끝나고 그대로 집으로 가려다 집 주변을 걸었다. 흔한 말로 산책. 재범이는 영어 학원에 갔다. 바다에 다녀온 이후로 재범이는 공부에 열심이다. 아줌마는 역시 애들은 혼자 생각할 시간이 필요하다면서 우리 엄마에게도 나를 바다에 보낼 것을 슬쩍 권했다. 혼자 바다 보며 생각하고 오면 지금 가장 중요한 게 뭔지 깨달을 거라나 뭐라나. 엄마는 농담이 아니라 진지하게 선생님께 말씀드릴 테니까 바다에 다녀오라고 했다. 나는 그런 엄마가 어이없어서 집을 나가고 싶었지만, 나가지 않았다. 나답게, 말이다.

아, 시원하다. 봄과 여름 사이의 시원한 바람이 불었다.

6월은 걷기 딱 좋은 달이다. 5월은 낮엔 따듯해도 저녁이면 쌀쌀하고, 7월부터는 낮과 밤 둘 다 뜨겁다. 그러나 6월은 반바지에 반팔 티를 입고 걷다 보면 어느새 이마에 송글송글 땀이 맺히는 정도다.

나는 오래된 빌라와 상가 사이의 골목을 지나 세탁소와 이발소, 빵집을 지나 다시 골목을 돌고 그 골목 끝에 있는 분식집을 지나 다시 골목을 걸었다. 골목이 마치 교정기를 갓 낀 이처럼 반듯하지 않아서 어지러웠다. 높은 담벼락이 나오기도 했고 갑자기 툭 아래로 꺼지기도 했다.

그렇게 아무런 시간 제약 없이 골목을 걷다 보니 나는 누구인가, 하는 생각이 들었다.

나는 누구인가. 이름은 강산이고 나이는 열여덟. 그 외에 나를 설명할 수 있는 말들은 뭐가 있을까? 아빠가 갑자기 돌아가셨다는 것? 엄마가 아빠가 돌아가시고 일 년 만에 재혼했다는 것? 새아빠는 런던 커피라는 카페를 운영한다는 것? 새아빠가 나쁜 사람이길 바랐다는 것? 그래서 새아빠의 손아귀에서 엄마를 구해 내는 영화 속 주인공이 되고 싶었다는 것? 그것도 아니면 커피 냄새를 못 맡는다는 것?

이런 것으로는 나를 설명하지 못한다. 나라는 사람을.

이런저런 생각을 하며 걷다 보니 목이 말랐다. 시원한 물 한잔 마시고 싶다고 생각할 즈음 내 앞에 런던 커피가 나타났다. 나는 하, 하고 감탄사를 내뱉었다. 아빠가 이랬던 것일까? 정신없이 일만 하다 자신을 잃어버리고, 잃어버린 자신을 찾아서 골목골목을 걷다 보니 런던 커피가 눈앞에 보였고, 뭔가에 이끌리듯 들어가 커피를 시켰더니 젊은 시절 미국에서 마시던 커피 맛이 났던 걸까.

그 후로 아빠는 자신을 잃어버린 기분이 들 때마다 이곳을 찾았던 것일까? 그래서 아빠는 잃어버린 자신을 찾았을까? 그게 뭐가 중요한가. 아빠는 이미 죽었는데. 아니, 그래도 중요하다. 죽기 직전, 아빠가 잃어버린 자신과 함께했으면 좋았겠다. 그 정도의 행운은 아빠가 가져도 좋지 않을까.

그때 런던 커피 문이 열렸다. 나도 모르게 몸을 돌려 도망가려다 내가 왜 도망가야 하나, 하는 생각에 몸을 다시 돌렸다.

"들어올래?"

브랜든이 말했다.

"닫으려는 거 아니에요?"

브랜든은 고개를 끄덕이면서도 "싫어?" 했다. 나는 당당하게 브랜든 옆을 지나 런던 커피로 들어갔다. 들어가자마자 커피 냄새가 한여름 밤의 습기처럼 내게 달라붙었다. 너무 싫었지만 떼어 낼 도리가 없었다.

습기를 어떻게 떼어 낸단 말인가.

내가 옷소매로 코를 막자 브랜든이 먼저 성큼성큼 2층으로 올라갔다. 나도 브랜든을 따라 2층으로 올라갔다. 내가 창가 쪽에 앉으려고 하자 브랜든이 키친에 서서 손짓했다.

"여기 앉아."

브랜든이 커피 내리는 모습을 정면에서 바라볼 수 있는 곳이었다. 브랜든의 바로 앞. 내가 머뭇거리자 브랜든이 냉장고에서 캔 맥주를 꺼냈다. 나는 브랜든이 말한 곳에 앉았다.

"맥주 마시면 후각이 마비되니까 괜찮겠지?"

"저번에 술 마시고 커피 마신 적 있는데 다 토했어요."

"커피는 안 마시면 되잖아."

목이 무척 말랐으므로 나는 캔 맥주를 받았다. 355밀리미터짜리 맥주를 단 한 번도 쉬지 않고 마셨다. 한여름 땡볕에 서서 시원한 보리차를 마시는 기분이었다. 맥주를 다 마시고 내려놓자 브랜든이 살짝 웃었다.

"왜요?"

브랜든이 고개를 저었다.

"아, 왜요?"

"똑같아서."

"뭐가요?"

"……너랑 네 아버지랑. 그 자리, 네 아버지가 좋아하시던 자리였잖아. 젠틀하셨어. 나를 존중해 주는 기분이었어. 왜, 그런 손님들 많잖아. 내가 돈 냈으니까 너는 커피나 내려라, 그런 거. 근데 네 아버지는 내가 커피 내리는 모습을 한 장면도 안 놓치려고 하셨어. 그럼 막 내가 대단한 일을 하는 것 같은 기분이 들었지. 그래서 네 아버지 오시면 원두도 더 신경 쓰고 그랬어. 내가 가진 가장 좋은 커피를 드려서 다행이라고, 아직도 생각해."

나는 뭐라고 대답해야 할지 몰랐다. 브랜든이 아빠의 모습을 아직도 기억하고 있다는 게 신기했고, 무엇보다 아빠 이야기를 먼저 꺼내서 놀랐다. 아빠가 돌아가신 후 나를 비롯한 아빠를 아는 모든 사람은 아빠에 대해 말하길 꺼렸다. 상처였기 때문에 밴드를 붙인 후 모른 척하고 싶었던 것이다.

그러나 상처에는 공기도 필요하다는 사실을 우리는 미처 몰랐다. 가끔은 약을 바른 후 밴드를 붙이는 대신 공기를 통하게 해 줘야 한다.

"그거 아세요? 아빠가 여기 처음 오게 된 이유요."

브랜든이 고개를 끄덕였다.

"길을 잃었다고 하시더라."

"다 큰 어른이 길을 잃는 게 말이 돼요? 전 그 얘기 듣고 좀 황당했어요. 아빠가 길을 잃어버리는 건 말도 안 된다고 생각했거든요. 아빠는 저한테 대단한 사람이었는데, 항상 나를 번쩍 안아 주고 내가 로봇 조립해 달라고 하면 다 조립해 주는 그런 사람이었는데, 그런 사람이 어떻게 길을 잃어요?"

나는 피식 웃으며 말을 이었다.

"근데 그때는 이미 제가 아빠보다 키도 크고 힘도 세진 후였더라고요. 아빠가 어느 순간 너무 바빠져서, 내가 얼마나 자라고 아빠가 얼마나 늙었는지 몰랐어요. 제 머릿속의 아빠는 항상 제가 다섯 살일 때의 아빠였더라고요."

그리고 휴, 하고 한숨을 내쉬었다.

"앞으로도 제 머릿속의 아빠는 늙지 않겠죠? 언제나 마흔일곱 살인 채겠죠?"

나는 입술을 깨물었다.

"저는 자꾸 키가 크고 몸무게가 늘고 힘도 세지고 아는 것도 많아지고 아는 사람도 많아질 텐데, 아빠는 그대로겠죠? 그리고 언젠가는 제가 아빠보다 더 나이를 먹겠죠?"

브랜든은 가만히 있었다.

"좀 억울한 것 같아요. 한 번도 상상해 보지 못했던 아빠의 모습들, 그러니까 아빠가 늙어서 어깨가 둥글어지고 볼살이 아래로 아래로 내려가 축 늘어지고 흰머리가 머리의 반을 뒤덮고 손자를 보고 바보처럼 웃고 지팡이를 짚고 걷는 모습들, 저는 그런 모습들을 영원히 볼 수 없는 거잖아요."

나는 고개를 숙였다.

"저는 그러니까 많이 억울해요."

그리고 다시 고개를 들고 좀 울먹이는 채로 말했다.

"너무 억울해서 다시는 아빠를 보고 싶지 않을 정도예요. 그나마 다행인 건 아빠도 마찬가지라는 거예요. 아빠도 제가 대학 가는 모습, 연애하는 모습, 애 아빠가 된 모습, 나이 들어 눈 밑에 주름이 생긴 모습 같은 건 하나도 못 볼 거 아니에요. 쌤쌤이네요, 쌤쌤."

브랜든이 커피 원두를 넣어 놓은 유리병을 만지작거렸다.

"맨날 바쁜 척만 하더니 잘됐죠, 뭐."

그래, 잘됐다, 다 잘됐다.

"근데 만약에 다시 만날 기회가 생긴다면 이 말은 꼭 하고 싶어요. 사랑한다거나 보고 싶다거나 하는 거창한 얘기는 아니고……."

그런 얘기는 무덤에 대고도 못할 것 같다.

"……짜증 내서 미안하다고요. 아빠가 돌아가시기 몇 주 전에 저한테 커피 마시러 가자고 했는데 제가 화냈거든요. 평소에는 신경도 안 쓰면서 자기 심심할 때만 말 시킨다고요. 남들한테 아들이랑 카페 가는 자상한 아빠로 보이고 싶어서 그러는 거 다 안다고, 가식적이라고요. 실은 시험 망쳐서 짜증이 났던 것뿐인데."

나는 그게 마지막일 줄 정말 몰랐다.

"아빠가 미안하다고 했어요. 미안하다고……."

나는 울고 싶었다. 소리 내서 엉엉 울면서 아빠에 대해 이야기 나누고 싶었다. 엄마와 별이랑, 할머니랑 삼촌이랑 고모랑. 그러나 다들 아빠에 대해 이야기하고 싶어 하지 않아 했다. 혹시라도 아빠 이야기가 튀어나오면 수습하기 바빴다. 아빠는 볼드모트가 아닌데…….

"아빠는 좋은 사람이었어요."

브랜든이 고개를 끄덕였다.

"안다고요?"

다시 브랜든이 고개를 끄덕였다.

"아니요, 아마 모를 거예요. 브랜든은 몰라요. 왜냐하면 그건 저만 알 수 있거든요. 아빠는 아주 좋은 사람이었어요."

브랜든이 이번에는 고개를 끄덕이지 않았다.

"제가 브랜든을 좋아하게 될 일은 없을 거예요. 왜냐하면 저는 아빠를 엄청 사랑하거든요."

"그래."

브랜든은 그러든 말든 상관없다는 듯이 고개를 끄덕였다. 그러자 되려 심통이 나서 내가 아빠를 얼마나 사랑하는지 일일이 말하고 싶었다. 그러다 어떤 생각이 번뜩 들었다.

"……혹시 엄마도?"

브랜든이 포터에 물을 끓이며 나를 바라봤다. 그리고 천천히 고개를 끄덕였다.

나는 맥주 한 캔을 더 마시며 브랜든이 커피를 내리는 모습을 바라봤다. 맥주를 마시면 커피 냄새를 이길 수 있으니까. 정성 들여 커피를 내린다는 건 무엇일까. 저렇게 내리는 게 정성 들여 내리는 것일까. 세상에 커피와 단둘만 있다는 듯이 집중해서 내리는 것.

"엄마가 아빠 이야기 많이 했어요?"

브랜든이 고개를 끄덕였다.

"그 이야기만 했어."

"싫었겠네요."

브랜든이 피식 웃으며 고개를 저었다.

"나도 할 말이 많았거든."

"어떤 거요?"

브랜든은 답하지 않았다. 나는 고개를 끄덕이며 "말하기 싫으면 말 안 해도 돼요"라고 이야기했다. 브랜든의 전 여자친구를 만났다는 말은 하지 못했다.

브랜든은 다 내린 커피를 음미하듯 마셨다. 이 사람은 하루에 커피를 몇 잔이나 마실까?

"죽기 전에 아프리카 커피나무들한테 미안하다고 사과는 하고 죽으세요."

"넌 사과 많이 먹는다고 사과나무한테 사과하니?"

그렇진 않다.

"그럼 사과하지 마세요."

맥주를 두 캔이나 마셔서 그런지 커피 냄새가 역하지 않았다. 솔직히 냄새가 잘 나지 않아서 역한지 아닌지도 모르겠다. 브랜든이 커피를 내려 마시는 걸 눈으로 본 게 전부다. 냄새는 코에 입력되지 않았다.

"농담이야."

"뭐가요?"

"사과나무한테 사과하냐는 거……."

아빠도 그렇고 브랜든도 그렇고, 엄마는 남자를 볼 때 유머 감각을 별로 중요하게 생각하지 않는 편인 게 확실했다.

"왜 이름이 브랜든이에요?"

브랜든이 피식 웃었다.

"왜요?"

브랜든이 허탈한 표정을 지었다.

"내 주변에 왜 이름이 브랜든이냐고 안 물어본 사람이 너밖에 없었거든. 그래서 네가 언제쯤 물어봐 줄까 기다렸어."

브랜든은 창가로 가서 닫은 창문을 다시 열었다. 열린 창문으로 바람이 기다렸다는 듯이 돌진해 왔다. 계곡물에 들어간 것처럼 얼굴과 목, 가슴이 시원했다. 알코올 때문에 오른 열이 바람을 만나 급격히 식었다.

어느새 무성해진 초록색 나뭇잎이 바람에 흔들거렸다. 거대한 나무에 달린 수많은 나뭇잎이 단체로 춤을 추는 것도 같았다. 너는 뭐가 좋아 춤을 추니. 내가 속으로 묻자 나뭇잎이 답했다.

술 처먹었으면 곱게 들어가서 자라. 짜증 나 죽겠는데 알짱거리지 말고.

뭐야? 이 나뭇잎이 미쳤나. 나는 화가 났지만 침착하게 물었다.

왜 짜증이 나는데?

졸려 죽겠는데 불 켜 놓고 떠드니까 그렇지! 집에 간다고 정리하더니 왜 다시 들어와서는!

아, 미안, 미안.

나는 나뭇잎에게 정말 미안해서 성큼성큼 걸어가 2층 불을 껐

다. 브랜든이 야, 너, 하는 소리가 들렸지만 나에겐 브랜든보다 나 뭇잎의 목소리가 더 중요했다. 나뭇잎이 휴, 이제야 잘 수 있겠네, 라고 말하는 소리가 들렸다.

착한 일을 한 것 같아 기분이 좋았다. 나는 착한 어린이다. 아니, 착한 청소년이다. 그래, 자야 한다. 잠을 자야 한다.

나는 그렇게 생각하고 바닥에 누웠다. 좀 추워서 이불을 덮고 싶 었지만 이불이 없었다. 엄마가 빨았나? 그러자 엄마가 보고 싶어 졌다. 엄마도 아빠가 보고 싶을 때면 아빠가 걷던 골목길을 걸어 이곳까지 온 것일까. 그리고 브랜든에게 나와 별이에게 할 수 없 었던 아빠 이야기를 했던 것일까.

브랜든이 나를 일으켰다.

"잘 거예요, 놔두세요."

브랜든은 나지막하게 한숨을 내쉬더니 나를 들쳐 업었다. 브랜 든의 등은 따뜻했다. 브랜든의 한숨 소리와 숨 쉴 때마다 들썩이는 심장 소리가 그대로 전해졌다. 분명 등에 업혔는데 왜 심장 소리가 들리지? 어쨌든 브랜든과 이렇게 밀착된 건 처음이었다. 브랜든도 나와 똑같은 사람일 뿐이었다. 당연한 건데도 나는 그게 신기하게 느껴졌다.

나는 그대로 잠이 들려다가 이건 아니라는 생각이 들었다. 이성 은 얼른 브랜든의 등에서 내려오라고 했고 육체는 그대로 자고 싶 다고만 했다. 이성과 육체가 싸우면 도대체 누구 말을 들어야 하는 것일까. 알 수 없어서 나는 그냥 둘이 싸우도록 내버려 뒀다.

다음 날, 눈을 떴을 때 이 모든 게 밀물 몰려오듯 기억났고, 그러자 정말 죽고 싶어졌다. 나는 몰래 방문을 열고 거실을 확인했다. 다행히 거실과 부엌에는 아무도 없었다. 나는 세수도 하지 않고 교복만 입은 채 밖으로 나갔다.

새벽 여섯 시 이십 분.

학교 가기에는 이른 시간이었지만 브랜든을 마주하는 것보다는 나았다.

앞으로 절대, 절대 술을 마시지 않겠다고 나 자신과 약속했다. 아니, 돌아가신 아빠와 약속했다. 이렇게 했는데도 술을 마시면 나는 정말 개새끼다. 커피 냄새 때문이었다는 항변이 내 마음속 한 귀퉁이에서 들려왔다. 나는 그 마음에게 소리쳤다.

'닥쳐!'

이제 어리광은 그만 부리기로 했다. 그게 아빠를 애도하는 길이 아님을 알게 되었기 때문이다. 대신 이제부터 아빠를 애도하는 방법을 공부해 볼 생각이다. 언젠가는 찾게 되지 않을까.

19

제가 자주 가는 카페 있잖아요. 거기 사장이 결혼을 했는데 상대가 무려 애 둘 딸린 이혼녀래요. 사장은 초혼이라던데……. 돈으로 낚았나? 건물 관련해서 이상한 소문도 돌던데. 아무튼 돈이면 다 되는 세상인가 봐요. 뭐, 커피 맛은 여전하네요.

p.s. 커피는 마시기도 하지만 보기도 하는 것 같아요. 브랜든이 커피 내리는 모습을 보면 흡사 초밥 장인이 초밥 만드는 것 같아요.

'아무리 마셔 봤자' 블로그에 엄마와 브랜든에 관한 안 좋은 이야기가 올라왔다. 오로라가 링크를 보내 줬다. 첨부된 사진 속 커피 잔이 블로그에서 말한 카페가 런던 커피임을 말해 주고 있었다.

사람들은 잘 알지도 못하는 일에 대해 당당하게 떠든다. 자신들에게 남을 판단할 권리가 있는 양. 물론 나도 그랬다. 그래도 나는 관계자 아닌가! 아닌가? 아니다! 모르겠다.

— 왜 제대로 알지도 못하면서 말 지어내세요? 누구세요?

댓글을 달았다. 무시할 거라고 생각했는데 바로 알람이 왔다.

— 그러는 댁은 누구세요? 제가 잘 알지도 못하는 말을 지어낸 건지 아닌지 어떻게 아세요? 그리고 내가 자주 가는 카페라고 했지 카페 이름이라도 써 놨나요? 자기가 뭐 그 집 아들이라도 되나.

바로 댓글을 삭제했다. 그냥 해 본 말이었을 텐데 댓글을 삭제해서 확신을 주고 말았다. 내가 하는 짓이 이렇다. 다시 댓글을 쓸까? 그건 더 바보 같은 짓이다. 투덜거리면서 카페 갈 준비를 했다.

20

런던 커피에 도착하자마자 손을 씻고 코에 휴지를 꽂았다. 내 나름대로 고안한 냄새 차단법이다. 커피 냄새를 맡는다고 무조건 토악질을 하는 건 아니지만, 방심하고 있다 바람에 실려 온 커피 냄새에 공격당한 적이 한두 번이 아니다. 그럴 때면 머리가 어질하고 속이 메스껍다.

재범이는 내가 커피 냄새를 의식해서 그런다고 했다. 봐, 지금도 커피를 내리고 있는데 의식하지 않으니까 괜찮잖아.

재범이의 말은 반만 맞았다. 커피 냄새를 의식하지 않으면 괜찮지만, 나는 의식하지 않는 방법을 모른다. 의식하지 않다가 갑자기 의식하게 되면 그때는 어떻게 해야 할까? 의식하지 말자, 라고 생각해야 하나? 이미 의식하고 난 후인데…….

나는 브랜든에게 커피 내리는 법을 배우기로 했다. 변 쌤이 알려준 이열치열의 정신으로 커피 냄새를 이겨내 보려고. 적을 알고 나를 알면 백전백승이라고 했다. 그러니까 적이 커피 냄새라면, 커피 냄새의 모든 걸 알아내겠다는 다짐이다. 생각해 보니 이열치열의 자세가 아니라 지피지기 정신 아닌가, 이거?

브랜든은 아르바이트가 끝나면 카페 문을 닫고 커피 내리는 법을 알려주기로 했다. 그러면서 사실 방법을 배우는 건 한 달이면 끝나, 라고 했다. 중요한 건 기술이 아니라 마음이거든. 커피를 내릴 때의 마음.

"그런 건 사기꾼이나 하는 말이에요."

내가 말하자 브랜든이 피식 웃었다. 너 참 똑똑하다, 며 엄마랑 판박이야, 라고 해서 기분이 상했다. 자기 부모랑 닮았다는 말 듣고 기분 좋아할 사람은 아마 거의 없을 것이다. 거의, 라고 한 건 몇몇 연예인의 얼굴이 떠올랐기 때문이다. 그런 부모를 뒀다면 최고의 칭찬이겠지.

재범이는 열심히 청소하고 손님을 응대했고 시간이 나면 영단어를 외웠다. 브랜든이 재범이에게 아르바이트를 그만해도 된다고 했지만 재범이는 끝까지 자신의 잘못을 책임지고 싶다고 했다. 그러고는 그런 자신이 자랑스러운 듯 만족스러운 표정을 지었다. 사실 청소하다 말고 쪼그려 앉아 영단어를 외우는 모습이 볼썽사

나워 그런 건데……. 그러나 재범이의 자기만족을 위해 브랜든은 더 이상 아무 말 하지 않았다.

재범이가 아르바이트를 마치고 집으로 가면 카페에는 나와 브랜든만 남는다. 그럼 같은 공간인데도 아까와는 다르게 느껴진다. 아빠가 사라진 집처럼. 공간을 만드는 건 사람이니까.

"커피를 내릴 때는 물의 온도가 중요해."

"지난주에도 말씀하셨잖아요."

"몇 도라고 했지?"

"90도요."

"틀렸어."

브랜든은 커피에 관해선 엄격했다.

"본인이 한 말이잖아요. 그럼 브랜든이 틀린 거네요?"

"로스팅 상태에 따라 다르다고 했어. 지난주에 내린 원두는 로스팅을 약하게 해서 90도에서 내렸지만, 오늘 내릴 원두는 로스팅을 좀 강하게 했기 때문에 88도에서 내릴 거야."

내 입에서 감탄사가 튀어나왔다.

"로스팅을 강하게 했는지 약하게 했는지 어떻게 알아요?"

"그래서 로스팅을 직접 해야 하는 거야."

브랜든이 말했다.

"나는 내가 내린 커피만이 진짜 커피라고 생각 안 해. 피곤해 죽겠을 때 잠 쫓으려고 편의점에서 사 마시는 캔 커피도 내 기준에서는 진짜 커피야."

보통 이런 사람들은 장인의식이 강하지 않나? 내 것만 진짜야, 그러지 않나?

"놀란 눈치다?"

나는 고개를 끄덕였다.

"전 브랜든이 커피도 핸드드립만 팔고 다른 음료는 코코아밖에 안 팔길래 자기 커피만 진짜 커피라고 생각하는 줄 알았어요."

브랜든이 피식 웃으면서 고개를 저었다.

"그건 내가 잘할 수 있는 것만 팔기 때문이야. 내가 만든 에이드는 맛이 없거든. 처음에는 손님에게 이것저것 팔았는데, 그걸 팔 때마다 뭔가 죄책감이 드는 거야. 내 입에 맛없는 걸 팔아도 되나, 하는 생각이 들어서. 코코아는 어린 손님들도 오니까 타협한 거고."

"그럼 가짜 커피는 뭐예요?"

"그런 건 없어."

"뭐라고요?"

"없다고."

"그럼 제가 이걸 왜 배워야 하죠?"

"그럼 그만둘까?"

브랜든은 진지했다. 농담이 아니라 더 혼란스러웠다. 내가 브랜든에게 기대했던 건 뭘까. 집요한 장인의식, 나만 잘났다는 고압

적인 태도?

"나는 내 입맛에 맛있는 커피를 내리는 거야. 여기는 나와 커피 입맛이 맞는 사람들이 오는 곳이고."

"그럼 저도 제 입맛에 맞게 커피를 내리면 돼요? 막 100도에서 내려도 돼요?"

브랜든이 고개를 끄덕였다.

"네 입에 맛있다면."

"저는 커피를 못 마시는데요?"

브랜든이 커피 원두를 뜨거운 물로 적시며 말했다.

"나는 그래서 네가 커피를 배울 필요가 없다고 생각해. 왜 좋아하지도 않는 커피를 커피 냄새를 이기겠다는 일념으로 배우는 건지 솔직히 모르겠어. 커피를 못 마시는 건 부끄러운 일이 아니야. 커피 냄새를 못 맡는 것도."

"촌스럽지 않아요?"

브랜든이 고개를 저으며 전혀, 라고 단호하게 말했다. 그렇게 말해 줘서 고마웠지만, 나는 커피를 배우고 싶었다.

"저는 커피 냄새를 이기고 싶어요. 꼭 지는 것 같아서 기분이 나빠요. 눈에는 눈, 이에는 이! 커피 냄새를 피하는 대신에 정면돌파할 거예요."

브랜든이 고개를 끄덕이며 말했다.

"만약 네가 지금의 커피 냄새를 이겨 내도 어디선가 또 다른 커피 냄새가 불어올 거야."

"무슨 소리예요?"

브랜든이 다 내린 커피를 고양이가 파란색 물감으로 그려진 도자기 잔에 따랐다.

"내 이야기를 하는 거야. 뭔가를 극복한다는 게 쉽지 않더라고. 만약에 그걸 극복했다고 해도 또 다른 시련이라고 할까, 그런 게 찾아오기도 하고. 인생이 그래."

"거창하네요."

"거창한 게 아니야. 내가 인생을 더 살았다고 거들먹거리는 것도 아니고. 커피 냄새 같은 걸 늘 가지고 다니는 게 인생 같더라고. 그건 절대 없어지지 않아. 없어진 것 같더라도 조금만 방심하면 뒤에서 슬쩍 나타나서 나 여깄어, 하는 거지. 나도 그런 거 있어. 커피 냄새 같은 거."

"그게 뭔데요?"

브랜든이 나에게 커피를 내밀었다.

"마셔 볼래?"

나는 고개를 끄덕였다. 콧구멍 양쪽에 휴지를 꽂은 채 커피를 한 모금 마셨다.

어, 괜찮았다.

다시 한 모금 마셨다.

괜찮은 것 같은데?

나는 코에 꽂았던 휴지를 뺐다. 그리고 커피를 코 쪽으로 가져간 순간 속이 울렁거렸고, 이내 구역질이 올라왔다. 그리고 그대로 몸 속에서 커피가 쏟아져 나왔다. 나의 위장은, 나의 코는 아직 커피를 받아들일 준비가 돼 있지 않았다.

"무리하지 마. 힘들면 이겨 내지 않아도 돼. 그냥 데리고 다녀. 어떨 땐 눈앞에 아른거릴 테고 어떨 땐 엉덩이에 들러붙을지도 모르지. 그래도 뭐 어쩌겠어. 그것도 네 건데."

"이게 제 거라고요?"

브랜든이 고개를 끄덕였다.

"갖고 싶지 않은데, 이런 거. 준다고 해도 싫은데. 거절하고 싶은데."

"세상은 참, 원하는 건 안 주고 원치 않는 건 몽땅 준다니까."

브랜든이 맥주 한 캔을 따 줬다.

"그래도 어쩌겠어. 받아야지. 안 받으면 어쩔 거야?"

"그러니까요. 안 받으면 어떻게 돼요? 어디 버리고 오면요?"

"그럼 주워다가 다시 갖다 줘. 진짜야. 나도 많이 당해 봤어."

"무슨 깡패도 아니고."

"너한테는 그게 커피 냄새인 거야. 내가 준 것 같아 미안하기도 하지만, 나는 도와줄 방법이 없네."

어, 근데 분명 커피가 내 앞에 있는데 더 이상 속이 울렁이지 않았다. 토악질도 나오지 않았다. 아니, 정확히는 헛구역질은 났지만,

위장에 아무것도 없었기 때문에 입 밖으로 뭐가 나오진 않은 것이다.

속을 비우면 되는구나.

아무리 토악질을 하려 해도 속이 비면 할 수 없다. 큰 깨달음을 얻은 기분이었다.

브랜든과 집까지 같이 왔다가 나 먼저 집으로 들어갔다. 브랜든은 신경 쓰는 것 같지 않았지만 나는 브랜든과 함께 있는 모습을 엄마에게 보여 주고 싶지 않았다.

현관문을 열자 엄마가 "브랜든은?" 하고 물었다.

"몰라요."

왜 몰라, 하고 말한 건 엄마가 아니라 별이었다. 나는 별이에게 "어른들 일에 끼어들지 마" 했다.

별이가 입을 삐죽이며 말했다.

"어른인 척하는 사람 중에 진짜 어른 못 봤어."

저런 말은 도대체 어디서 배우는지. 오빠 열받게 하기 학원이라도 다니나.

"너 아직도 삐졌냐?"

"오빠는 그래서 안 돼."

"내가 뭐?"

"삐진 게 아니라 화난 거야!"

우리 둘 사이에 엄마가 끼어들었다.

"같이 들어오면 좀 좋아. 꼭 이렇게 혼자 와야 해?"

"아니, 브랜든이 뭐 어린애야? 밤길 혼자 못 다녀?"

"그런 말이 아니잖아. 너 아직도 브랜든한테 삐졌어?"

"누가 그렇대?"

나는 버럭 소리를 질렀다.

"오빠, 오빠도 엄마가 삐졌다고 하니까 화나지?"

"넌 좀 빠져라."

"너 어디서 엄마한테 소리 질러?"

"엄마한테 그런 거 아니에요."

"엄마가 바보야? 그런 것도 모르게?"

"아, 그런 거 아니라고요!"

나는 귀를 막고 방으로 들어갔다. 차라리 브랜든과 런던 커피에 단둘이 있을 때가 좋았다는 생각이 슬금슬금 들 때쯤, 현관문이 열리는 소리가 들렸다. 엄마가 브랜든한테 왜 항상 둘이 따로 오냐, 꼭 그래야겠냐고 다다다다 말하는 소리가 들렸다. 옆에서 별이는 나는 오빠하고 절대 말 안 할 거예요, 이런 이야기를 쉴 새 없이 했다. 제발 바라는 바다.

그 사이에 브랜든의 목소리는 아, 어 정도밖에 들리지 않았다.

"강산! 너 그리고 술 한 번만 더 마시면 뒈지게 맞을 줄 알아!" 라는 엄마의 목소리를 끝으로 집안에 평화가 찾아왔다. 아니, 그럴 뻔했다. 보자보자하니까 엄마를 무슨 보자기로 안다느니, 큰일 겪고 얼마나 슬플까 싶어서 오냐오냐했더니 세상에서 자기만 슬픈 줄 안다느니, 다들 그럼에도 불구하고 살아가는 거라느니, 술 한 번만 더 마시면 방에 커피 향 캔들을 사서 켜 놓을 거라느니 하는 말이 닫힌 방문 사이로 들려왔다.

나는 이마가 침대에 닿게 엎드려 눕고는 베개로 머리를 감싸쥐었다.

나무아미타불 관세음보살, 나무아미타불 관세음보살, 여호와 하느님, 천지신명님께 빕니다…….

내가 아는 모든 신을 소환하며 현실에서 한 발을 떼고 위에서 내려다보고자 했으나, 아직 바다를 다녀오지 않아서인지 수양이 부족했다.

그러나 엄마의 잔소리가 싫지만은 않았다. 마치 아빠가 있었던 때로 돌아간 듯했다.

엄마의 모습이, 엄마가 변하지 않은 게 고맙게 느껴졌다.

21

학교에 가니 이미 아이들이 자리에 앉아 있었다. 뒷자리에서 떠들고 노는 대신 자리에 앉아 공부하는 걸 보니, 기말고사가 가까이 다가오고 있는 게 실감 났다.

"이거 뭐냐?"

재범이의 책상 위에 텀블러를 놓아 주니 재범이가 흘낏 쳐다보며 물었다.

"더치커피래, 브랜든이."

재범이가 오, 감사하다고 전해 줘, 하고 말했다.

"아니다, 내가 주말에 가서 말씀 드릴게."

"일부러 올 필요 없어."

"아니, 겸사겸사."

재범이는 그렇게 말하고 다시 문제집에 얼굴을 파묻었다. 한다면 하는 아이니까 아마 이번 기말고사도 잘 볼 것이다. 나로 말할 것 같으면, 시험 기간이 임박할수록 공부가 인생에서 그렇게 중요할까 번민하는 스타일이다. 행복은 성적순이 아니니까. 그런데 성적이 잘 나올수록 저녁 반찬이 좋아지긴 한다. 행복은 성적순이 아니어도 반찬은 성적순이다.

"야, 너도 공부 좀 해라."

재범이가 뒤를 돌아보며 말했다.

"나는 미래에 대해 생각하고 있어."

"응, 그럴 줄 알았어. 넌 시험 때만 미래에 대해 생각하잖아."

재범이가 한쪽 입꼬리를 올리며 피식 웃었다.

나는 왜 시험 때만 되면 이런 생각을 하는 게 재밌을까. 심지어

어제는 뉴스도 재밌었다. 남북관계니 환율이니 물가니 하는 말들은 왜 이렇게 스릴 있는지. 뒷얘기가 너무 궁금해 잠시도 자리를 뜰 수 없었다. 물론 엄마의 혀 차는 소리도 함께 들어야 했지만.

"커피 내리는 거 재밌어?"

내가 대답이 없자 삐졌다고 생각했는지 재범이가 물었다. 재범이는 내가 브랜든에게 커피 내리는 방법을 배우고 있다는 사실을 아는 유일한 사람이다. 나는 고개를 끄덕이다가 고개를 저었다.

"모르겠어. 어려워."

"그래도 오래 하네. 금방 때려치울 줄 알았는데."

"의외로 재밌을 때도 많아."

"어떤 게?"

"똑같은 원두인데 브랜든이 내린 거랑 내가 내린 거랑 맛이 다른 거야. 그게 재밌어."

"어떻게 다른데?"

"말로는 설명 못 해. 마셔 봐야 알아."

"이제 커피 냄새 맡을 수 있어?"

"컨디션 따라 달라."

"미친놈."

"진짜야."

나는 억울해져서 좀 큰 소리로 "어떤 날은 커피 냄새를 맡아도 아무렇지도 않아. 심지어 커피를 마셔도 아, 맛있다, 이런 생각만 들어. 근데 어떤 날은 런던 커피에 들어설 때부터 막 미칠 것 같은 거야. 그게 뭔지 모르겠어. 나 미친놈 같지?"했다.

나 미친놈 같지, 라는 말이 조용한 교실에 울려 퍼졌다.

"아니, 너 절대 안 미쳤어. 넌 미친 게 아니라 자연스러운 거야."

나는 아이들의 시선을 느끼고 알겠어, 라고 작게 대답했다.

"진짜 아니라니까! 고개 들어! 넌 괜찮아!"

재범이가 내 어깨를 툭툭 때리며 말했다. 그럴수록 나는 더욱 몸을 접으며 괜찮으니까 꺼져라, 라고 했다. 그때 앞문이 열리고 변 쌤이 들어왔다.

"뭐가 미친 게 아니야?"

"아, 선생님, 얘가 자꾸 자기를 미친놈이라고 하길래 제가 아니라고 말해 줬어요."

재범이가 크큭, 웃으면서 말했다. 놀린 게 맞았다!

"미친 새끼가!"

"강산! 너 뭐라고 했어? 교실 내에서 욕설 금지야."

"아니, 그게 아니라요……."

변 쌤은 귀찮은지 손을 휘휘 내저으며 "고등학교 2학년 1학기 기말고사가 얼마나 중요한지는 말 안 해도 알 거야. 우리 모두 조금만 힘내자"라고 말했다. 변 쌤은 시험 기간이 되면 자기도 덩달아 긴장한다. 선생님 말로는 임용고시에서 세 번째 떨어졌을 때부터 생긴 병이라고 했다.

시험문제를 내는 출제자라고 생각하면 재범이가 그렇게 부르짖는 부처님이나 하느님처럼 보였다가도, 시험 때면 우리처럼 긴장하는 선생님을 보면 우리랑 같은 인간일 뿐이라는 생각이 든다. 그리고 당연히 후자의 느낌을 받을 때 선생님을 더 좋아하게 됐다.

재범이가 손을 번쩍 들었다. 선생님이 고개를 끄덕이자 "선생님, 시험문제 하나만 알려 주세요"라고 했다. 그러자 애들의 입에서 오오오, 해 주세요 등의 추임새가 터져 나왔다.

"교과서 첫 페이지부터 마지막 페이지까지."

에이. 남고생들의 낮은 야유가 교실 전체에 울려 퍼졌다. 마치 오페라 같았다.

"알았어. 3페이지부터 마지막 페이지까지."

에이. 또다시 아이들이 야유를 퍼부었다.

"알았어, 알았어. 이번엔 진짜 알려 줄게."

그러고는 "이 문제 맞히면"이라고 덧붙였다.

아이들이 뭔데요, 하자 변 쌤은 "가장 오래 살 것 같은 연예인은?"이라고 물었다. 애들은 이순재요, 신구요, 하며 열심히 연예인들의 이름을 댔다.

"아무도 없지?"

아, 잠깐만요, 아이들의 목소리가 다급해졌다. 동시에 전국노래자랑 MC 누구지, 송해 아저씨 얼마 전에 돌아가시지 않았어? 하는 등의 말도 들려왔다.

오, 사, 잠깐만요, 삼, 아이 씨, 이, 선우용녀, 일, 아아, 안 돼요!
……땡!

"정답은…….."

선생님이 목소리를 가다듬고 말했다.

"이승기입니다."

그러고는 아이들의 포효가 교실을 넘어 학교 전체에 울리기 전에 얼른 교실을 나갔다.

화난 아이들 사이에서 나만, 나만 킥킥거리며 웃고 있었다. 애들한테 맞을까 봐 두 손으로 얼굴을 가리고 고개를 숙인 채 조용히 어깨를 들썩이며 웃었다. 그러면서 문득 아빠에게 미안해졌다.

나는 이렇게 잘 사는구나.

나만 이렇게 재밌게 잘 사는구나.

요즘 아빠를 점점 잊는다. 그럴때면 일부러 아빠를 떠올린다. 특히 이렇게 즐거울 때면…….

"너 근데 진짜 재밌어서 웃는 거야?"

재범이가 진짜 궁금하다는 듯이 물었다. 나는 고개를 끄덕였다.

"응, 아빠한테 미안할 정도로 재밌어."

"그게 무슨 상관이야? 황당한 새끼네."

"나만 너무 재밌는 것 같아서…… 나만 행복한 것 같아서."

"야, 걱정 마. 아저씨가 이 개그 들었어도 너만 재밌었을 거야."

재범이가 고개를 저으면서 교실을 나갔다. 다들 유머를 너무 모른다.

22

런던 커피 앞에 있는 큰 나무 아래 등을 기대고 숨을 내쉬었다.

휴, 하고 큰 숨을 내쉬자 몸과 마음이 조금 진정되는 듯했다. 오늘은 아르바이트를 시작하자마자 속이 울렁거린다. 어떨 때는 괜찮았다가 어떨 때는 참을 수 없다. 그 경계를 모르겠다.

"괜찮아?"

브랜든이 따라 내려왔다. 나는 고개를 끄덕였다. 문득 브랜든에게 미안하다는 생각이 들었다. 브랜든을 알게 된 후 처음 든 생각이었다.

"죄송해요."

"뭐가?"

"자꾸 이래서요."

"네 잘못이 아니잖아."

브랜든이 그렇게 말하고 나에게 물과 얼음을 가득 채운 컵을 내밀었다. 나는 물을 벌컥벌컥 마신 후에 얼음도 아작아작 씹어 먹었다. 이제 좀 살 것 같다는 생각과 함께 이건 오기가 아닐까 하는 생각도 들었다.

"그만둬도 돼, 너도 알겠지만."

나는 아무 대답도 하지 않았다.

"우리 엄마랑 왜 결혼했어요?"

"뭐라고 해야 할까. 그냥 어쩌다 보니……."

"그게 뭐예요. 첫눈에 반했다거나, 이 여자가 아니면 안 되겠다거나, 그런 거 없었어요?"

브랜든이 슬며시 웃으며 "유감스럽게도 그런 건 없었어" 했다.

"남들은 총각이 애 둘 딸린 유부녀랑 결혼했다고 하면 '아, 정말 사랑하나 보다' 할 텐데요? 마찬가지로 남편 죽은 지 일 년 만에 재혼했다고 하면 '남자에 미쳤나 보다' 할 거예요."

"그건 남들 생각이지."

"아니, 그럼 왜 결혼했어요?"

브랜든이 어깨를 으쓱했다.

"진짜 잘 모르겠어."

"엄마 사랑하세요?"

브랜든이 이번엔 고개를 끄덕였다.

엄마도 브랜든도 서로 열렬히 사랑해서 결혼한 게 아니라니. 묘하게 위안이 되는 동시에 짜증이 일었다. 별것도 아닌 걸로 사람을 괴롭혔다니! 조금만 일찍 알려 줬어도 커피 냄새 때문에 토하는 일은 없었을 것이다.

"나 어릴 때 아빠가 부르던 이름이야."

"뭐가요?"

"내 이름 말이야."

"아빠가 외국인이세요? 이제 나한테는 할아버지인가?"

"아니, 외국을 동경하셨어. 엄마는 안젤라, 나는 브랜든이라고 부르고 당신 스스로는 찰스라고 부르셨지."

"찰스요?"

왠지 피에로 복장을 한 할아버지가 연상됐다.

"어디 사세요?"

"납골당."

'네?'라고 한 후에야 어떤 의미인지 깨달았다.

"언제 돌아가셨어요?"

"내가 지금 너만 할 때."

브랜든이 물 한 잔을 더 따라 줬다.

"그리우세요?"

브랜든이 고개를 끄덕였다.

"아직도요? 여전히요?"

브랜든은 이번에도 고개를 끄덕였다.

"시간이 약은 아니네요."

"보고 싶어, 늘."

브랜든의 목소리가 잠겨 있었다.

"생각해 봤는데……."

"생각을 많이 하시네요? 없어 보이는데……."

내 말에 브랜든이 뭐?! 하면서 헤드락을 걸려다 멋쩍어하며 머리를 긁었다. 그 모습이 딱 지금 우리 사이의 거리 같았다.

"우리 새아빠와 아들 관계 말고 친구로 지내면 어떨까?"

"새아빠랑 아들 관계인데 어떻게 친구로 지내요. 그건 환상이에요."

"지금처럼."

나는 고개를 갸우뚱하다 "친구야, 너 돈 좀 있냐?" 하고 물었다. 나는, 정말 뭔가 문제가 있는 게 맞다. 커피 냄새를 못 맡는다는 건 그중 가장 작은 문제일 수도 있고.

"그냥 새아빠랑 아들로 지내는 게 낫겠다."

"아니, 전 친구 관계가 좋아요."

"그건 환상이라면서?"

브랜든이 씩 웃었다. 눈가에 주름이 생기면서 반달 모양이 됐다.

"들어가자."

런던 커피에 다시 들어서자 아까보다는 울렁임이 덜했다. 재범이는 구석 테이블에서 수학 문제를 풀고 있었다. 손님은 한 명뿐. 아르바이트생이 손님보다 더 많았다.

"쟤 원래 눈치 없니? 책임감은 무슨, 그만 오라니까."

브랜든이 물었다.

"제 친구잖아요."

브랜든이 조용히 고개를 끄덕였다. 그때 누군가 올라오는 소리가 들렸다. 드디어 손님과 아르바이트생의 수가 같아지겠다는 생각이 들었다.

"어서 오세요."

"오늘은 왜 왔냐고는 안 하네요?"

아르바이트 첫날 왔던 여자였다. 브랜든에게 손짓을 하는 걸 보니 단골인 듯했다. 커피숍에 왜 왔냐고 물었던 흑역사가 떠올랐다. 누구는 살면서 추억을 남기는데, 나는 창피한 기억만 쌓아가는 듯하다.

"산미 있는 원두로 내려 주세요. 아이스로요."

"예가체프로 드릴게요."

여자는 창가 쪽에 자리를 잡았다. 노트북을 여는 걸 보니 무언가를 작업할 모양이었다. 런던 커피에 오는 손님은 보통 두 부류다. 먼저 브랜든이 내린 커피를 마시기 위해서. 이 부류는 브랜든이 커피 내리는 모습을 지켜보면서 브랜든과 담소를 나누고, 마침내 커피를 마시고 간다.

다른 부류는 커피도 커피지만, 조용한 공간을 이용하기 위해서 온다. 런던 커피에는 혼자 오는 손님이 대부분이니까.

"이건 사장님이 드리래요."

아이스커피를 노트북 옆의 공간에 내려 두면서 말했다.

"오, 초콜릿. 감사하다고 전해 주세요."

여자가 나를 보지도 않고 말했다. 살짝 고개를 숙이고 돌아서려는데 여자의 노트북 화면이 눈에 들어왔다. 정말 일부러 보려던 건 아니었다.

'아무리 마셔 봤자'. 그 블로그 화면이었다.

하도 많이 봐서 바로 알 수 있었다. 댓글을 삭제하고도 혹시나 해서 계속 들어가 봤으니까. 다행히 댓글 이야기는 더 없었다.

그 블로그를 들락날락하면서 내가 블로그 주인에 대해 얻게 된 정보는 삼수를 했다는 것, 전공이 마음에 들지 않아 휴학했다는 것 그리고 왠지 화가 많이 나 있다는 거다. 엄마와 브랜든에 대한 글—물론 특정하지는 않아서 나밖에 모를 테지만—뿐만 아니라 다른 글들도 대부분 누군가를, 무언가를 비꼰 글이 많았다.

"반했냐?"

재범이의 말에 정신이 들었다. 혹시 들렸을까 봐 뒤를 돌아보니 여자는 이어폰을 낀 채 커피를 마시고 있었다.

"내가 너냐? 여자 얼굴만 따지게. 하긴, 오로라 보면 너도 딱히 눈이 높은 거 같진 않다."

"오로라 건드리지 마라."

"언제는 이름도 꺼내지 말라더니. 뭐, 둘이 만나기라도 해?"

"뭐, 누, 누가? 누가 그렇대?"

그때, 여자가 이어폰을 빼면서 일어섰다.

"왜 그러세요?"

"화장실 가려고요. 근데 그런 것도 허락받아야 돼요?"

재범이가 풋 웃었다. 돌아보니 브랜든도 웃고 있었다.

여자가 나를 위아래로 훑어보곤 계단을 내려갔다. 나는 재범이와 농담하는 동안에도 여자가 쓴 글들을 잊지 않고 있었다. 나도 화장실 가는 척 여자를 따라갔다. 조금 기다리자 여자가 손을 털면서 나왔다.

여자가 나를 쓱 보곤 계단으로 갔다.

"아무리 마셔 봤자."

여자가 뒤돌아봤다.

"맞죠?"

여자가 우연히 검색해서 '아무리 마셔 봤자' 블로그에 들어갔을 수도 있다. 그러나 한동안 블로그를 샅샅이 살핀 결과 블로그 주인이 20대 초중반의 여자고 단발머리라는 걸 알 수 있었다. 아, 이번 달은 건너뛰나 했더니, 내가 이렇게 운이 좋을 리 없지. 삼수까지 하고 대학 왔는데 일 년도 못 다니고 휴학하다니, 거지 같다. 누가 나보고 왜 맨날 단발머리만 하냐고 물었는데, 웬 오지랖. 이런 글들. 자기 정보를 줄줄 흘렸다. 촉이 왔다.

"아, 댓글?"

여자가 팔짱을 낀 채 나를 봤다. 당당해 보이려고 턱을 꼿꼿이 들었지만 당황한 게 느껴졌다.

"스토킹해요?"

"노트북 화면 봤어요. 일부러 아니고 커피 가져다주면서."

"아니, 뭐, 그럼 뭐! 뭔 상관이에요?"

"제가 아들인데요?"

여자가 눈알을 굴렸다.

"……진짜였네."

"함부로 말하지 마세요."

"개인 블로그에 그런 말도 못 써요? 그리고 내가 뭐 어디 카페라고 특정하고 말했나."

뭐라고 더 쏘아붙이고 싶었는데 왠지 입이 떨어지지 않았다. 내가 한 짓이 있는데, 지금 와서 엄마를 두둔하는 게 가식처럼 느껴졌다.

"그쪽은 엄마가 이해가 가요? 나는 도무지 이해가 안 가. 아니, 왜 건물까지 사 주면서 결혼을 해요? 남자가 그렇게 좋은가."

누가 왜 단발머리만 하냐고 물었다고 오지랖 부린다더니, 자기는 왜 오지랖이란 말인가.

"신경 *끄세요*. 남의 일이잖아요."

"그쪽이나 저한테 신경 *끄세요*. 내가 내 블로그에 뭘 쓰든 무슨 상관이래."

여자가 나를 노려봤다. 뭐라고 하고 싶은데 할 말이 떠오르지 않았다.

"아이 씨."

"뭐라고 했어요, 지금?"

그대로 카페를 나와 버렸다. 햇살이 눈을 찔러서 저절로 미간이 찌푸려졌다. 무작정 걷기 시작했다.

23

얼마나 걸었을까. 숨이 차서 담벼락에 기댔다. 살랑살랑 불어온 바람이 목덜미의 땀을 식혔다. 여름이었다.

재범이에게 산책 좀 하고 들어가겠다고 메시지를 보냈다.

[냄새 때문에 그래?]

답장하진 않았다. 눈을 감은 채 얼마나 있었을까. 더는 바람이 불어오지 않아 눈을 떴다. 눈앞에 엄마가 서 있었다.

카페와 아파트가 같은 동네에 있으니 언제든지 마주칠 수 있는 건 맞지만, 이상했다.

"아르바이트하는 중 아니야? 땡땡이?"

"잠깐 숨 좀 쉬려고 나왔어요."

내가 툴툴대며 말하자 엄마가 내 옆에 쭈그려 앉았다.

"나이 들었다고 조금만 걸어도 다리가 아프네."

"엄마는 왜요?"

"살 빼려고."

엄마는 그렇게 말하고는 휴, 한숨을 내쉬었다.

"브랜든 보러 온 거 아니고요?"

엄마가 눈썹을 올리며 "무슨"이라고 말했다. 말도 안 된다는 듯한 표정이었다.

"집에서 맨날 보는 거 뭐 하러."

"일부러 안 그래도 돼요."

"얘가 정말."

엄마는 그렇게 말하고는 "정말이라니까 그러네" 했다.

"올여름은 또 얼마나 더울까."

"아빠는 이 날씨에도 땀 한 방울 안 흘리겠네요."

나도 엄마 옆에 쭈그려 앉았다. 그러자 엄마가 털썩 주저앉았다. 높은 담벼락 아래, 엄마와 나는 바닥에 앉아 손바람으로 땀을 식혔다.

"자식 대학 등록금 걱정 안 해도 되지, 반항할까 봐 전전긍긍 안 해도 되지, 얼마나 좋은 팔자야."

"아빠는 늙지도 않잖아요. 엄마랑 나만 늙어."

"너는 그래도 젊어서 괜찮지. 나는 얼마나 억울하겠니?"

엄마는 정말 억울한 듯 두 주먹을 불끈 쥐었다.

"아빠가 나쁘다."

엄마가 고개를 끄덕였다.

"아빠는 정말 나빠. 나는 아빠 때문에 가끔은 햇볕 쬐는 것도 미안할 때가 있어요. 혼자 너무 즐거우면 즐거워서 미안하고, 혼자 너무 슬프면 죽은 사람도 있는데 어리광 부리는 것 같아서 미안하고. 자꾸 미안해요."

"나쁘지, 엄청 나빠. 거기다 네 아빠 때문에 엄마는 네 친가에 완전히 나쁜 여자로 찍혔잖아."

"엄마, 아빠가 나쁜 건 맞지만 그건 아니다."

나는 풋 하고 웃어 버렸다. 웃지 않고는 버틸 수 없었다.

"왜 아니야?"

엄마가 억울한 듯 주먹으로 가슴을 픽픽 치고는 "아빠가 그렇게 안 갔으면 내가 재혼을 했겠어?" 했다.

"누가 엄마 등 떠민 것도 아니잖아요."

엄마가 잠시 골똘히 고민하더니 "그래, 그렇지" 했다.

"근데 나는 그게 모두에게 좋을 거라고 생각했어."

"왜요?"

"넷이었다가 셋이 되니 불완전한 느낌이었어. 너희에게 아빠의 빈자리를 채워 주고 싶기도 했고, 무엇보다 내 외로움을 사랑이라고 착각한 것 같아."

엄마는 머뭇거리며 말했다.

"네 아빠가 그리울 때면 누구한테도 말 못 하고 혼자 이 골목길을 걸었어. 걷다 보면 예전에 살았던 빌라도 보이고, 세탁소도 보이고 또 이 담벼락도 보이고. 이 담벼락을 지나면 런던 커피도 나왔지. 그렇게 걷다가 런던 커피에 들어가 아빠가 마시던 예가체프를 시켜 마시면서 브랜든에게 아빠 이야기를 했어. 그러다 보면 마음이 너무 편안해지는 거야. 그걸 나는 조금 착각한 것 같아."

"……엄마, 후회하세요?"

엄마가 생각에 골몰하듯 잠시 입을 다물었다.

"우리가 처음부터 이런 시간을 가졌으면 얼마나 좋았을까. 너는 네가 아는 아빠에 대해 이야기하고, 나는 내가 아는 남편에 대해 이야기하고. 별이는 또 별이가 기억하는 아빠에 대해 말하는 시간. 그랬다면 지금보다는 더 낫지 않았을까."

엄마의 말끝에 살짝 울음이 묻어났다.

"엄마, 죄송해요."

내가 말하자 엄마가 고개를 저었다.

"너 그거 알아?"

내가 눈썹을 올리자 엄마가 "그 건물, 런던 커피 건물 있잖아" 하고 운을 뗐다. 그러더니 "1억이 더 올랐대. 내가 오른다고 해서 더 오른 거야" 했다.

슬며시 웃음이 났다.

엄마가 일부러 그런 말을 한다는 걸 알았지만 그게 엄마의 진짜 속마음이기도 했다. 엄마는 계산에 밝은 사람이다. 아빠가 살아 계실 때도 그랬고, 브랜든과 재혼한 지금도 그렇다.

"엄마는 돈이랑 브랜든이랑 뭐가 더 소중해요?"

"넌 그걸 질문이라고 하냐. 당연히 돈이지. 브랜든 없이는 살아도 돈 없이는 못 살잖아."

합리적이다.

"그럼 나랑 별이랑은요?"

"둘 다."

엄마는 절대 우리가 돈보다 더 소중하다는 말 따위는 하지 않았다. 엄마가 일어섰다. 나도 엄마를 따라 일어서는데 다리에 쥐가 났다. 내가 허리를 굽힌 채 낑낑대자 엄마가 웃는 게 느껴졌다.

"엄마가 행복했으면 좋겠어요."

엄마가 고개를 끄덕였다.

"바라는 바야. 행복해지고 싶어."

엄마의 눈에 눈물이 고였다.

"너랑 별이도. 같이 행복해졌으면 좋겠어. 참, 네 고모한테 연락 왔었어."

엄마가 뒷말을 망설였다.

"할머니가 너랑 별이 보고 싶어 한다고. 언니가 많이 서운한 건 알지만 애들만이라도 보내 주면 안 되냐고 그러더라."

"그럼 되잖아. 엄마는 우리가 할머니 보러 가는 거 싫어요?"

"아니, 그게 아니라" 하고 말하고는 엄마가 수줍게 덧붙였다.

"나도 너희 할머니 어떻게 지내시는지 궁금해서 그렇지."

아빠와 결혼하고 20년 가까이 고부지간으로 지냈으니 그럴 만도 했다. 그날의 싸움이 있기 전까지는 두 사람 사이에 큰 문제도 없었으니까.

"자식 먼저 보내고 속이 말이 아니실 텐데……. 나는 상상도 못 해, 얼마나 고통스러울지. 나는 그렇게는 못 살아."

엄마가 혼잣말처럼 중얼거렸다.

"주말에 다녀올까요?"

갑자기 엄마가 고개를 획 돌리더니 "너 근데 공부는 하긴 하는 거야?" 했다.

"재범이는 자라고, 자라고 해도 안 잔다고 그러더라. 억지로 불을 꺼야 그제야 잔다는 거야. 너 인서울은 할 수 있겠어?"

"나 대학교 안 가면 엄마는 좋잖아요. 등록금도 아끼고."

나는 그렇게 말하고 발걸음을 옮겼다. 엄마가 뒤에서 효자 났네, 효자 났어, 라고 하는 게 들렸지만 뒤돌아보지 않았다.

우리는 좀 더 빨리 이런 시간을 가져야 했다. 하지만 지금도 너무 늦진 않은 거겠지. 그렇게 믿고 싶었다.

24

학교 수업이 끝나고 재범이와 재범이네 학원까지 같이 걸었다. 재범이는 학원으로, 나는 근처 독서실에 가서 공부한다. 엄마는 필요하면 학원에 다니라고 했지만 나는 솔직히 돈이 아까웠다. 학원을 다녀도 성적이 오르지 않을 걸 알기에. 하지만 치킨을 시키는 건 치킨이 맛있을 걸 알기에 돈이 아깝지 않다. 비유가 좀 이상할수도 있지만, 어쨌든 나는 학원이 잘 안 맞는 것 같다. 누가 가르쳐주는 것보다 내가 혼자 하는 편이 낫다.

시간이 좀 남았길래 같이 편의점에 가서 라면이나 먹자고 했는데 재범이가 신경질을 냈다. 아니, 라면 먹자는 게 신경질 낼 일인가? 내가 노려보자 괜히 버벅거린다. 혼자라도 먹을 생각으로 건너편 편의점에 들어왔는데, 재범이가 학원에 들어가려다 두리번거리더니 편의점 방향으로 걸어왔다.

역시 우리 재범이, 의리가 있지. 편의점 문을 열고 인사를 하려는데, 재범이는 편의점을 그대로 지나쳤다. 나를 못 본 것이다. 그렇다면 나한테는 학원에 간다고 하고 따로 갈 데가 있는 걸까? 생각해 보니 요즘 재범이는 학원에 간다며 주말에도 연락이 되지 않을 때가 잦았다.

재범이는 골목골목을 돌아 아파트 단지가 아니라 그 반대편으로 가고 있었다. 쟤가 가는 곳이 학원도 아니고, 집도 아니라면 대체 어디지?

내가 의문을 가질 때쯤 재범이가 한 상가로 들어갔다.

그곳은 바로 카페였다. 시험 기간이라 커피가 필요하다면 런던 커피로 가야 하는 게 아닐까. 브랜든이 커피도 가끔 그냥 주는데. 너무한 거 아닌가? 생각이 거기까지 닿았을 때쯤, 낯익은 누군가가 카페로 들어가는 게 보였다.

오로라.

나는 카페 유리창 너머로 안을 들여다봤다. 오로라가 카페에 들어서자 재범이가 손을 흔들었다. 오로라가 익숙한 듯 재범이 옆에 앉았다.

뭐야, 하는 생각과 함께 배신감이 밀려왔다.

나는 그대로 카페 안으로 들어갔다. 아무것도 모른다는 듯이. 재범이와 오로라가 나를 발견하고 속닥거리는 모습이 눈에 들어왔다. 물론 곁눈질로 봤다. 나는 "아이스티 주세요" 하고는 아무것도 모르는 것처럼 행동했다.

주문을 끝내고 주위를 두리번거려 보니 재범이와 오로라가 몸을 반쯤 접은 채 카페를 나가는 게 눈에 보였다. 나는 역시나 아무것도 모르는 척 유리문 근처 자리로 갔다. 여기 앉을까, 하면서 의자에 앉으려고 하자 둘이 몸을 돌려 다른 쪽 문으로 나가려고 했다.

그때 주문한 아이스티가 나왔다. 나는 아이스티를 얼른 받은 후 둘이 유리문을 열고 나가자마자 뒤따라 갔다. 그리고 재범이를 툭 치며 말했다.

"죄송합니다."

재범이가 고개를 들었다.

"괜찮습니다."

"어이쿠, 이게 누구세요?"

내가 말하자 재범이가 "그게 아니라……"라며 다급한 표정을 지었다.

"그게 아니면 뭔가요?"

내 물음에 재범이가 뭔가를 말하려고 입술을 달싹거리는데 오로라가 말했다.

"야, 우리가 죄라도 지었냐?"

그러더니 나를 보고 큰 소리로 말했다.

"우리가 뭐, 너 두고 바람이라도 폈냐?"

지나가는 사람들이 힐끔 쳐다볼 정도로. 그러자 괜히 내가 부끄러워져서 "아니, 그게 아니라……" 하고 변명을 했다. 어? 내가 왜 변명을 하고 있지?

"아니, 이게 숨길 일이야? 왜 숨겼는데?"

오로라와 둘이 술을 마신 이후로 나는 은근히 재범이의 눈치를 봤다. 겉으론 다 풀어진 것처럼 보였지만 가출까지 할 정도였으니 기분이 어땠을까. 그래서 괜히 미안한 마음에 햄버거도 많이 사다 바치고 게임 아이템도 무료로 줬다. 설마 둘이 사귄다고 하면 내가 게임 아이템 안 줄까 봐? 설마. 그러나 재범이는 설마를 늘 설마로 만들지 않는 놈이다. 그게 맞을 거다.

"게임 아이템 오늘 밤까지 돌려놔라."

"야, 치사하게 줬다 뺏냐?"

"뭐, 치사?"

"아니, 근데 우리 둘이 사귄다는데 왜 네가 화를 내?"

오로라가 껴들었다.

"됐다, 됐어. 나만 나쁜 놈이지. 집에서나 밖에서나."

나는 그냥 가려다 갑자기 궁금한 게 떠올라 다시 오로라 앞으로 갔다.

"너, 얘 싫다며?"

내가 묻자 오로라가 고개를 끄덕였다.

"근데?"

"근데는 무슨. 그때는 싫었는데 지금은 좋아."

"갑자기?"

"연락하지 말라고 했더니 진짜 연락 안 하는 모습에 '아, 얘 괜찮은 애다' 싶었어."

"나 참, 좋아하는 이유도 가지가지다."

"야, 내가 연락한다고 할 때마다 말려 줘서 고맙다, 진짜."

재범이가 진심으로 고맙다는 듯이 머리를 긁적이며 말했다. 나는 재범이의 정강이를 발로 냅다 차 버렸다. 아파서 끙끙대는 재범이를 그대로 두고 뚜벅뚜벅 걸었다. 재범이에게 다시 한번 배신감을 느꼈다. 그동안 나한테는 학원 간다고 하면서 오로라를 만난 것이다. 아니, 둘이 만난다고 하면 내가 박수 쳐 주지 방해라도 하나. 그놈의 게임 아이템이 뭐라고.

"그리고 있잖아, 너 보다가 재범이 보면 더 잘생겨 보이는 것도 있어. 이거야말로 강산 효과 아니냐?"

뒤에서 오로라가 소리쳤다.

"재 얼굴이 은인이다, 은인. 재 머리도 빠지려고 해."

"너 탈모까지 오면 정말 위험해. 재범이처럼 생긴 것도 아니고, 네 얼굴에."

나무아미타불 관세음보살.

마음 수양이 필요하다, 간절히.

25

런던 커피 2층으로 올라가는데 브랜든의 목소리가 들렸다. 단골이 왔나? 브랜든은 말을 많이 하는 편이 아니다. 손님이 말을 하면 고개를 끄덕여주고 추임새를 넣어줄 뿐이다.

"왔어?"

손님은 한 명밖에 없었다. 내가 아는 사람이었다. 아는 사람이라기보다는 한 번 만난 적이 있는 사람이라는 표현이 더 어울릴 것이다. 브랜든의 전 여자친구였다. 설마 오로라와 다짜고짜 찾아갔던 일을 말하러 온 것일까?

"산아, 인사해. 뭐라고 소개해야 할지 모르겠네."

브랜든이 머리를 긁적였다.

"누군지 알아."

"알아? 어떻게?"

"죄송합니다."

나는 고개를 푹 숙였다. 브랜든이 의아한 눈으로 쳐다봤다. 매도 먼저 맞는 게 낫다. 변명 같은 걸 할 생각은 없다.

"무슨 일이야?"

"아니, 지금까지 자기가, 아니, 당신이 아들 이야기만 했잖아. 그러니 누군지 뻔하다 그런 이야기였어. 아니, 뭐가 죄송해요?"

여자가 나를 향해 눈을 동그랗게 떴다.

"저는 이제 가 보려고 했어요. 오는 길에 도넛 팝업스토어 열렸다길래 잔뜩 사 왔으니까 브랜든이랑 같이 나눠 먹어요. 브랜든, 나 갈게. 또 보자. 아니, 보지 말자."

여자가 농담인지 아닌지 모를 말을 남기고 자리에서 일어섰다. 말하지 않았구나. 그럼 왜 왔을까?

"저기, 이것 좀 들어 줄래요?"

여자가 도넛 박스 세 개를 집어 들었다.

"사면서 내 것도 샀는데 너무 많네."

브랜든이 들어주려고 하자 "됐어, 우린 그만 보자니까. 잘생긴 학생이 좀 도와줘요" 했다. 너무 아줌마 같은 말이라서 눈살이 찌푸려졌다. 왜 아줌마들은 아줌마티를 못 내서 안달일까. 생각해 보니 아저씨들도 마찬가지다. 다들 티를 못 내서 안달이구나. 나는 그럼 학생티를 못 내서 안달일까? 세상에 불만은 많지만, 뭐, 그럭저럭 참고 있다는, 그런 티를 못 내서 안달인 것 같기는 하다.

"택시 타는 데까지만 부탁할게요."

나는 고개를 끄덕였다. 너무 더웠지만 지은 죄가 있었으므로 입을 다물었다.

"브랜든이랑은 화해했어? 뭐, 꼭 잘 지낼 필요는 없지만. 나는 그냥 돈 받으러 온 거야."

"돈이요? 브랜든이 돈 꿨어요? 뭐야, 사기꾼 맞아요?"

여자가 피식 웃었다.

"10년 사귀었으니까 돈이 얼마나 얽혔겠어. 런던 커피 처음 시작할 때 돈 부족하다고 해서 내가 오백인가 빌려줬어. 그땐 그냥 오픈 선물이라고 생각하고 넘겼는데, 네가 왔다 가고 나서 생각해 보니까 그 돈을 못 받았더라고. 브랜든도 잊었고. 내가 갚으라고 했어. 꼭 받아야겠다고."

"저 때문에 공돈 생기신 거네요?"

여자가 피식 웃었다.

"잘 헤어졌다고 생각했어. 서로 싸우면서 헤어진 게 아니니까. 결혼 이야기 들었을 때도 당황스럽긴 했지만 곧바로 축하해 줬고. 그런데 내 마음은 안 그랬던 것 같아. 헤어져서 슬펐다기보다, 지난 내 시간을 떠나보내는 느낌이 들었던 것 같아. 내 청춘 같은 것을, 다시는 돌아올 수 없는 그런 시간들을. 너 보면서 깨달았어. 나 실은 별로 안 괜찮구나."

여자가 잠시 쉬었다가 말을 이었다.

"너는 이제 괜찮니?"

뭐라고 말해야 할지 모르겠다. 괜찮은 게 어떤 상태인지 모르겠으니까. 아빠가 돌아가시기 전보다 지금 덜 행복한가? 엄마가 재혼하기 전보다 덜 불행한가? 수치로 확인할 수 없으니 잘 모르겠다. 다만 이제 세상에는 내가 원치 않는 일도 일어난다는 걸 안다. 아빠가 갑자기 교통사고로 죽을 수도 있다는 건 상상해 본 적 없는 일이다. 뉴스에서 봐도 남의 일이라고 여겼다. 엄마가 아빠가 죽고 일 년 만에 재혼할 거라는 것도. 나는 결코 상상해 본 적 없는 일들이었다. 그런데 그런 일들이 일어났다. 그렇다면 내가 할 수 있는 거라곤, 받아들이는 것밖에는 없다는 걸 이제야 깨달았다.

이런 걸 사람들은 인생이라고 부르는 걸까.

"잘 모르겠어요. 브랜든이 사기꾼이었으면, 그래서 엄마가 사기당한 거라면 통쾌했을 것 같기는 해요. 엄마한테 큰소리칠 수 있을 것 같거든요. 그런데 한편으론, 엄마가 내가 알던 사람이라서 다행

이기도 해요. 엄마가 돈을 엄청 좋아하거든요? 근데 안 변했더라
구요."

"엄마가 똑똑하시네. 근데 브랜든은 돈 버는 데는 소질 없을 텐
데?"

여자가 웃었다. 나도 따라 웃었다.

"아, 맞다. 이거 네 얘기야?"

여자가 휴대폰을 꺼내더니 몇 번 터치하곤 내밀었다.

제가 자주 가는 카페 있잖아요.

거기 알바생 일 못한다고 투덜거렸던 거 기억하세요?

2주 전인가 가 보니까, 그새 능숙해졌더라고요.

그리고 저 학교 휴학이 아니라 자퇴하려고요.

삼수까지 해서 들어간 학교라 적성에 맞지 않는다는 걸 알고도 놓지
못하고 있었어요.

그래서 불행했던 건데, 남들 욕하면서 모른 척했네요.

꼭 겪어 봐야 알아요.

혹시 이거 보려나?

사과할게요. 사과하고 싶었어요. 너무 사과하고 싶었는데, 얼굴 보
고 할 엄두가 나지 않았어요. 차라리 그쪽이 화냈으면 좋겠다 싶었
을 정도로요. 엄마가 이해 안 된다고 하면서도, 실은 좋아하고 있었던

거죠?

'아무리 마셔 봤자' 블로그였다.

"왜 저라고 생각하셨어요?"

"사진 보니 자주 간다는 카페가 런던 커피 같아서. 참 많이도 들 쑤시고 다녔다."

"아니, 이건 제가 먼저 그런 게 아니라……."

"택시 온다. 잘 가."

여자에게 도넛 박스를 건네주고 돌아서는데 "그만 미워해, 이제" 라는 말이 들려왔다. 나는 고개를 돌렸다.

"그래야죠. 계속 같이 살아야 하는데."

"아니, 브랜든 말고, 너 자신. 브랜든은 계속 미워해도 돼. 네 마음이 중요한 거니까."

런던 커피에 들어서는데 코끝이 매웠다. 여자가 좋은 사람이란 생각이 들었다. 이런 좋은 사람과 오랫동안 연애한 브랜든도 좋은 사람일 거란 생각도 함께. 그리고 여자와는 살면서 다신 마주치지 못할 거란 느낌이 들었다.

브랜든은 이미 도넛을 먹고 있었다. 나도 배가 고파 왔다. 인생에 대해, 아빠에 대해 더 생각하고 싶었지만, 배 속이 난리였다. 사실 도넛을 좋아하진 않는다. 심지어 생크림이 가득 든 도넛 따위는 먹고 싶지 않았다. 내가 좋아하는 건 제육볶음, 돈가스, 보쌈이다. 하지만 배고픈 데 장사 없다.

"비밀 하나 말해 줄까?"

"제가 아저씨 비밀을 알고 싶어 할 거라고 생각하세요?"

브랜든이 내게 도넛을 건네줬다.

커피 냄새 때문에 속이 울렁거렸지만 배고픈 게 먼저였다. 먹고 토하자! 이런 굉장한 다짐을 하고 도넛을 한 입 베어 물었다.

"아저씨, 이 건물 살 때 돈 안 냈죠? 100퍼센트 엄마 돈 맞죠?"

이 도넛, 왜 팝업까지 열었는지 알 것 같다. 너무 맛있다. 나는 도넛을 세 입 만에 털어 넣고 눈으로 남은 도넛을 셌다. 세 개 정도는 내 거로 확보할 수 있을 것 같다.

"그럼 왜 엄마가 공동 명의 해 준 거예요? 우리 엄마가 그냥 해 줄 사람이 아닌데."

"잘 아네. 너희 엄마는 절대 그럴 사람이 아니지."

"그럼요? 비밀이 뭐예요?"

"안 궁금하다며?"

"뭔데요?"

"나도 너만큼이나 내가 미워. 아마 너보다 내가 나를 더 미워할 거야."

브랜든은 확실히 아빠와는 다르다. 아빠는 인생에 늘 자신만만했다. 노력하면 안 되는 일이 어딨냐고 했었다. 나는 반대다. 언제

178

나 인생이 두려웠다. 나는 아빠를 더 사랑하지만, 어쩌면 브랜든과 더 닮은 것 같다.

"아저씨, 커피 잘 내리면 여자들이 좋아해요?"

브랜든이 코를 찡긋했다.

"너희 엄마만."

나는 고개를 끄덕였다.

"이제 커피 내리는 법 안 배울래요."

브랜든이 이전에 이야기했던 어차피 커피 냄새를 극복하지 못한다는 말, 커피 냄새를 극복해도 또 다른 커피 냄새가 찾아올 거란 말의 의미를 알 것 같았다. 더는 애쓰고 싶지 않았다.

"엄마만 좋아한다면서요? 제가 우리 엄마한테 잘 보여서 뭐해요."

나는 도넛 하나를 더 집어 먹었다.

"아저씨, 너무 미워하지 마세요."

"그럼 너도 그럴래?"

우리 둘은 오랫동안 서로를 응시했다. 나는 눈물이 나올까 봐 입술을 깨물었다.

"그리고 아저씨! 용기를 좀 가지세요. 그런 약한 마음으로 우리 엄마랑 어떻게 살려고 그러세요? 우리 엄마가 보통 사람이에요?"

도넛에 든 생크림이 바닥에 뚝뚝 떨어졌다.

웃을 수 있구나.

있는 거구나.

손님이 올라오는 소리가 들려왔다. 브랜든은 나쁜 사람도 착한 사람도 아닌 그냥 이상한 사람이었다. 그래서 브랜든을 나쁜 사람으로 만들려는 나의 시도는 당연히 실패했다. 나쁘지 않은 실패였다.

일상의 시간은 잘 흘러갔다. 마치 원래부터 아빠가 있어야 할 자리에 브랜든이 있었던 것처럼.

그러나 나는 안다. 그렇게 보일 뿐 그게 아니라는 것을. 아빠의 푹 패인 소파는 여전히 패여 있고, 브랜든은 그저 부유하는 먼지처럼 자신의 자리를 찾아다닐 뿐이라는 것을. 언젠가 우리 집에 브랜든의 자리가 생길까? 커피 냄새처럼, 먼지처럼 지내다 보면 그럴 수도 있겠지. 그러나 그게 아빠의 자리는 아닐 것이다.

26

집에 도착하자마자 엄마는 재범이 이야기를 꺼냈다. 재범이처럼 하라는 말이 아니었다. 재범이처럼 여자에 빠지면 안 된다고 했다.

재범이는…… 시험을 망쳤다.

아, 친구의 슬픔을 나의 기쁨으로 삼는 건 치사한 일이라 자제

하려고 한다고 말하고 싶지만 자꾸만 웃음이 난다. 이제 재범이는 긍정의 비교 대상에서 부정의 비교 대상으로 단번에 지위가 하락했다. 재범이네 아줌마는 다시는 공부로 엄마를 깔아뭉개지 못할 것이다.

어쨌든 올여름 재범이는 사랑을, 나는 커피 냄새라는 혹을 얻었다. 앞으로도 커피 냄새를 극복할 수 없을 거라는 즐거운 확신과 함께.

왜 즐거운 확신이냐면, 커피 냄새를 맡고 속이 울렁거릴 때마다 아빠를 잊지 않을 수 있으니까. 그게 아빠를 기억하고 추모하는 나만의 방식이다. 만약 언젠가 커피 냄새를 맡아도 아무렇지 않을 때가 온다면 그건 그거대로 좋을 것이다. 아빠를 온전히 떠나보냈다는 신호니까. 그러니 더 이상 극복하기 위해 애쓰지 않을 것이다. 그냥 받아들일 것이다.

세상의 어떤 일은 받아들여야만 한다는 것, 받아들이지 않으면 안 되는 일도 세상에 있다는 것. 이것 또한 내가 커피 냄새라는 혹과 함께 얻은 깨달음이다.

그리고 이를테면 아빠의 죽음과, 새아빠의 등장 같은 것.

작가의 말

처음 이야기를 구상하던 시기의 제목은 '커피 냄새를 이기는 방법'이었다. 커피 냄새에 트라우마가 있는 아이가 이를 극복하는 얘기를 써 볼 생각이었다. 그러나 이야기가 잘 떠오르지 않았다. 몇 번을 엎었다. 한두 달이 아닌 몇 년의 공백이 있었다. 다시 쓰기 시작했을 땐 주인공이 커피 냄새를 이길 방법이 도저히 없을 것 같이 느껴졌다. 그래서 제목을 '어디선가 커피 냄새가 난다'로 바꿨다. 커피 냄새는 극복할 수 있는 문제가 아니라 견뎌야만 하는 문제라는 걸 삶을 살아 오면서 깨닫게 된 것이다. 그제야 원고가 써졌다.

소설을 읽은 후에 작가의 말을 읽는 독자라면 소설에서 커피 냄새가 의미하는 바를 알 것이다.

누구에게나 '커피 냄새' 같은 존재가 있다고 생각한다. 나에게도 있다. 있었다가 사라진 커피 냄새도 있고, 없었는데 생겨난 커피 냄새도 있다. 가끔은 커피 냄새에 질식해서 숨이 막힐 때도 있었다. 살면서 행복한 경험만 할 수 없으니 앞으로도 여러 커피 냄새를 만나게 될 텐데, 어떤 커피 냄새는 백 미터 밖에서 맡아도 생생한 고통으로 다가올 거라는 것도 안다. 두렵지 않다고 말하고 싶지만, 실은 두렵다. 앞으로도 살면서 얼마나 많은 고통을 받아들여야 할까. 그러나 세상에서 가장 인기가 많고 돈이 많고 권력이 많은 사람이라도 '커피 냄새' 같은 고통은 피할 수 없을 것이다.

고통은 인간의 존재 조건이다.

존재하지 않는다면 고통 따위 느낄 수 없을 테니까.

원고를 쓰는 동안 고통을 주시되, 고통을 받아들일 용기도 함께 달라는 기도문을 떠올렸다.

산이가 고통을 겪지 않기를 바라기 보다는, 고통을 이겨낼 수 있는 용기를 갖길 바라는 마음으로 글을 썼다. 소설 말미에 산이는 커피 냄새를 극복하겠다는 마음을 내려놓는다. 아마도 고통을 피할 수 없음을 알게 된 것일 텐데, 나는 산이의 그런 태도가 좋았다.

초고는 880매 정도였다. 편집자님으로부터 이야기의 중심부로 들어가기까지 너무 뜸을 들였다는 피드백을 받았다. 앞부분을 대거 삭제했다. 제목도 바꾸게 되었다. 나에게는 애착이 가는 제목이었지만 더 나은 제목이 있다면 바꾸는 것도 좋을 것 같다고 했다.

그리고 지난한 과정이 이어졌다. 의견을 교환하고 서로를 설득하는 과정에서 '○○ 커피일 뿐이야'라는 제목이 최종 후보가 되었다는 이야기를 들었다. 나는 '○○'이라는 단어가 마음에 들지 않았다. 부정형의 단어가 제목 가장 앞에 들어가는 게 싫었다. 무작정 싫다고 할 수는 없으니, 편집부에서 그런 제목을 정한 이유는 알 것 같지만 이런저런 이유로 받아들일 수 없다고 전했다. 다시 여러 논의 끝에 '단지 커피일 뿐이야'라는 제목이 탄생했다.

제목이 확정되고 나니 지난했던 과정은 먼일처럼 느껴지고 아주 마음에 들었다. 산이와 산이처럼 트라우마를 가진 친구들을 향해 응원과 격려의 말을 해 주는 것처럼 느껴졌기 때문이다. 그러니까 아무리 커 보이는 존재도 '단지 ~일 뿐'이라는 마음이 우리를 지켜 주지 않을까 하는 소망을 제목을 통해 품게 됐다. 제목이 책을 읽는 이들에게 힘을 주길 바라는 마음이다.

지난 과정을 구구절절 이야기하는 이유는 만약 이 원고가 다른 출판사의 다른 편집자님에게 갔다면 지금과 다른 형태의 책이 됐을 수도 있다는 말을 하고 싶어서다. 원고가 책이 되기까지 수많은 변수가 발생하는데, 대부분 편집자의 판단력에 의존한다. 누구와 함께 하느냐가 원고의 방향을 정하는 셈이다.

인생도 그런 것 같다. 누구를 만나느냐에 따라 인생의 방향이 달라진다.

대부분의 변화는 미묘하고 사소해서 알아채지 못한다. 알아챈다 한들 이미 출발 지점에서부터 멀어진 후라서 되돌아갈 수 없다. 소설은 이런 과정을 관찰하는 일처럼 느껴진다. '누구'와 '누구'가 만나 서로 어떻게 달라지는지.

이 원고가 지금 편집자님께 가서 다행스럽다는 말을 이렇게 장황하게 하게 됐다. 감사의 인사를 전하고 싶다.

학교에 강연을 가면 종종 학생들에게 해 주고 싶은 말은 없는지 묻는다. 그럼 사실 겸연쩍다. 내 앞가림도 못 하는데 무슨 말을 해 줄 수 있을까. 그래서 대부분 이렇게 말한다.

건강하고 즐거운 학창시절 보내세요.

그러면 충분하다고 생각한다.

모든 청소년들이 치열하게 고민하고 우정을 나누면서, 건강하고 즐겁게 보냈으면 좋겠다. 언제라도 커피 냄새는 찾아오겠지만, 과거와 같은 형태는 아닐 것이다. 더 강해졌을 수도 있고 약해졌을 수도 있다. 행운의 모습을 하고 있다가 뒤통수를 칠 수도 있다.

우린 아무것도 모른다. 결정되지 않은 시간이니까.

그러니 지금 행복해야 한다. 지금만이 우리가 결정할 수 있는 시간이니까.

지금 이 순간에도 어디선가 커피 냄새가 불어오는 것만 같다.

심호흡을 하고 두 팔을 벌려 본다.

두려워만 하진 않을 것이다.

성모에게 사랑한다는 말을 전하고 싶다. 책은 내 것만이 아니라서 사적인 말을 쓰는 게 민망하지만, 어쩐지 이 말은 꼭 남기고 싶다는 생각이 들었다.

성모를 사랑하는 마음이 나를 살게 한다는 생각을 종종 한다.

올해 성모가 초등학교에 입학했다. 성모에게도 강연에서 만난 학생들에게 해 준 말과 같은 말을 해 주고 싶다.

성모야, 건강하고 즐거운 학창시절 보내!

마지막으로 읽어 주신 모든 독자님들 감사합니다.

건강하고 즐거운 날들 보내세요.

겨울과 봄의 길목에서

이선주

단지 커피일 뿐이야

© 이선주, 2023

초판 1쇄 발행일 │ 2023년 3월 29일
초판 2쇄 발행일 │ 2023년 9월 30일

지은이 │ 이선주
펴낸이 │ 정은영
편　집 │ 전유진 최찬미
마케팅 │ 이언영 한정우 최문실 윤선애
제　작 │ 홍동근

펴낸곳 │ (주)자음과모음
출판등록 │ 2001년 11월 28일 제2001-000259호
주　소 │ 10881 경기도 파주시 회동길 325-20
전　화 │ 편집부 (02)324-2347, 경영지원부 (02)325-6047
팩　스 │ 편집부 (02)324-2348, 경영지원부 (02)2648-1311
이메일 │ jamoteen@jamobook.com
블로그 │ blog.naver.com/jamogenius

ISBN 978-89-544-4884-0 (43810)